하마터면 이것도 모르고
교사로 살 뻔했다

하마터면 이것도 모르고 교사로 살 뻔했다

여덟 명의 연구년 교사가 전하는 성장과 경험의 에세이

초 판 1쇄 2024년 08월 20일

지은이 황유진, 박세은, 곽인경, 장미애, 이영숙, 엄성우, 김은정, 엄숙용
펴낸이 류종렬

펴낸곳 미다스북스
본부장 임종익
편집장 이다경, 김가영
디자인 윤가희, 임인영
책임진행 김요섭, 이예나, 안채원

등록 2001년 3월 21일 제2001-000040호
주소 서울시 마포구 양화로 133 서교타워 711호
전화 02) 322-7802~3
팩스 02) 6007-1845
블로그 http://blog.naver.com/midasbooks
전자주소 midasbooks@hanmail.net
페이스북 https://www.facebook.com/midasbooks425
인스타그램 https://www.instagram.com/midasbooks

ISBN 979-11-6910-766-2 03810

값 18,500원

미다스북스는 다음세대에게 필요한 지혜와 교양을 생각합니다.

여덟 명의 연구년 교사가 전하는 성장과 경험의 에세이

하마터면 이것도 모르고 교사로 살 뻔했다

황유진 박세은 곽인경 장미애
이영숙 엄성우 김은정 엄숙용

미다스북스

추천사

2024년 봄부터 매월 하루는 시골 마을의 연수원 주변이 아침부터 시끌벅적합니다. 그들이 왔기 때문입니다. 이들은 1년간 학교와 교실을 떠나 연수 중인 연구년 교사들입니다. 이들은 잠시 학교를 떠났지만 역시나 또다시 교육을 이야기하고 있습니다. 이들 중 자신의 생각과 경험을 세상과 후배 교사들에게 전하려는 용감한 여덟 분의 선생님들이 나타났습니다.

누구에게나 삶의 이정표가 되는 순간들은 언제나 특별합니다. 십수 년이 넘는 세월 동안 교육의 최전선에서 헌신해온 여덟 분의 선생님들이 저마다의 경험을 이정표 삼아 한 권의 수필집을 엮었습니다. 이 책은 단순한 수필집이 아니라, 교육이라는 숭고한 여정을 함께한 이들의 진심 어린 고백과 성찰이 담긴 진정한 삶의 기록이기도 합니다. 여덟 분의 교사가 각자의 교직 생활 과정에서 만들어온 수많은 삶의 이정표를 따라가 보는 재미는 저에게 매우 특별한 경험이었습니다.

이제 독자 여러분들은 각기 다른 학교에서 각기 다른 방식으로 교직 생활을 펼쳐온 선생님들의 생생한 학교 이야기를 만날 수 있습니다. 이들의 이야기는 교사라는 직업의 무게와 책임을 넘어서, 그 속에 담긴 사람에 대한 열정과 사랑, 무엇보다도 학생들을 향한 진심을 고스란히 느낄 수 있게 해줍니다. 학생과의 잊지 못할 순간들, 교직 생활의 도전과 성취, 그리고 교육의 가치를 다양한 경험과 고민을 통해 새롭게 일깨워주는 이야기가 진지하면서도 흥미롭게 펼쳐집니다.

또한 이 책은 후배 교사들에게 큰 울림을 줄 것입니다. 특별히 '교사 성장 HIDDEN TIP' 코너를 통해 교사 생활에서 꼭 한번은 도전해 볼만한 내용들을 엄선한 후, 후배 교사들에 대한 현실적인 조언들을 담았습니다. 분명 수많은 후배 교사들에게 행복한 교직 생활의 길잡이가 되어줄 것입니다.

끝으로 교육에 대한 따뜻한 사랑과 헌신, 그리고 아름다운 사람 향기를 경험하게 해준 여덟 분의 선생님들에게 감사의 뜻을 전합니다. 독자 여러분 또한 이들의 이야기를 통해 교육의 참된 의미와 가치를 다시금 되새기고 그 속에서 새로운 영감을 얻으시길 바랍니다. 여덟 분의 교사들이 전하는 따뜻한 이야기가 독자 여러분의 마음속에 깊은 울림을 주길 바라며 이 책을 추천합니다.

이들과의 인연을 감사하게 생각하며
장호원에서 교육연구사 신동우

– 경기도교육청교육연수원 교육연구사, 2024 경기 교사 연구년 총괄 신동우 –

이 책에는 초등학교부터 고등학교까지 다양한 연령대의 학생들을 가르치는 교사들의 이야기가 담겨 있습니다. 교직 생활의 감동적인 순간이나 힘들었던 순간들을 솔직하게 표현했을 뿐 아니라 인간미 넘치는 에피소드들도 함께 담고 있어 이 책을 더욱 생동감 있게 만듭니다.

하마터면 이것도 모르고 교사로 살 뻔했다

이 책은 현직 교사들의 경험을 담은 기록인 만큼, 동료 교사와 예비 교사 그리고 교육에 관심 있는 이들에게 추천합니다.

에세이 속 교사들은 각기 다른 환경에서 일하고 있지만, 교사로서 느끼는 보람과 어려움을 진솔하게 나누고 있으며, 교사의 역할과 자신의 교육 철학에 대해 고민하고 있습니다. 교육 현장은 혼자가 아닌 함께 만들어가는 곳입니다. 이 책을 통해 독자들이 교육 현장의 감동과 어려움을 함께 공감하며, 교사를 존중하고, 교육의 참된 가치를 함께 발견해 나갈 수 있기를 바랍니다.

– 안양예술고등학교 교장 황병숙 –

이 책은 교육 현장에서의 다채로운 경험들을 바탕으로 가슴이 따뜻해지는 교사들의 이야기를 담고 있습니다. 책을 읽어나가면 교사 연구년을 맞이한 선생님들의 삶이 첨벙이는 아이들 물장구 소리처럼 생생하게 펼쳐집니다. 현장에서 잠시 나와 한 발짝 떨어져 돌아보는 그들의 20여 년 이야기보따리들이 우리 교단의 삶과 보람 그리고 교육의 의미들을 되짚어보게 합니다. 그래서인지 아이들과 학부모, 그리고 동료 교사들과의 만남을 통해 저자들이 쌓아온 자그마한 이야기들은 우리에게 적잖은 감동을 선사합니다.

매년 반복되는 새로운 시작과 그 속에서 피어나는 선생님들의 기대와 긴장감 그리고 아이들과 삶을 나누며 성장을 돕는 교사들의 이야기에 어느새 미소가 번집니다. 책을 읽다 보면, 매 순간 아이들과 함께하며 느꼈던 소소한 기쁨과 고민, 그리고 그 속에서 피어나는 소중한 인연들에 대한 이야기가 참으로 따뜻합니다. 또한, 좋아하는 일에 대한 끈기와 끊임없는 배움을 통해 교사로서의 꿈을 실현해 나가는 선생님들의 모습이 그들의 뜨거운 열정 한 움큼을 나누어주는 듯합니다.

선생님들의 진솔한 글들은 우리에게 교사로서, 부모로서, 그리고 어른으로서 어떤 자세로 살아가야 할지 많은 고민거리를 안겨줍니다. 이 책은 교육에 몸담고 있는 분들뿐만 아니라, 모든 이들에게 권하고 싶습니다. 교육의 의미와 아이들과의 진정한 만남의 가치를 다시금 생각해 보게 하는 이 책은 우리의 일상에 작은 빛이 되어 줄 것입니다. 단언컨대 독자들은 이 책을 통해 자신만의 추억 속에서 빛나는 순간들을 발견할 것입니다. 그리고 위로와 용기, 갈등과 화해, 교감과 공존, 소통과 이해, 소소한 기쁨과 감사 그리고 우정과 환대의 마음을 선물처럼 다 함께 나눌 수 있기를 바랍니다.

– 이우중학교 교감, 경기도교사리더십연구회 회장 김진원 –

8명의 연구년 선생님들께서 교사의 삶을 이야기 합니다. 만남, 기억, 갈등, 인연, 시작, 이해, 성장, 삶 등 그 어느 것 하나 허투루 보기 힘든 자신만의 키워드를 가감 없이 풀어냅니다. 각자의 이야기를 하고 있지만 만남부터 삶까지 교사 삶이라는 무게가 글 속에 녹아 있습니다.

"지금 네 곁에 있는 사람, 네가 자주 가는 곳, 네가 읽는 책들이 너를 말해준다." 괴테의 한 문장이 주는 묵직함이 이 책의 가치를 드높여 줍니다. 사람, 공간, 책의 조화가 교사라는 삶을 다양한 방향으로 이끌어줍니다.

저자 8인은 자기 경험을 통해 마음을 나누는 것의 중요성과 그로 인한 성장을 생생하게 전달합니다. 교사로서의 일상과 만남에서 비롯된 따뜻한 이야기는 이 글을 만나는 독자들에게 깊은 감동을 주며, 일상에서 만나는 수많은 사람과의 관계를 다시금 돌아보게 만듭니다. 이 책을 통해 우리는 단순한 만남이 아닌, 진정한 마음을 나누는 관계의 가치를 깨닫게 됩니다. 그와 동시에 독자들에게 사람과의 인연이 얼마나 소중한지 다시금 일깨워 줍니다.

교육 현장에서의 소중한 인연과 그 인연이 만들어낸 아름다운 순간들을 담은 이 책을 모든 이들에게 추천하고 싶습니다.

- 『초등 집중력을 키우는 동시 쓰기의 힘』 저자, 초등교사, 김진수 -

다른 빛깔로 빛나는 삶을 살아오신 여덟 분의 선생님이 들려주는 다정한 교직 이야기입니다. 저마다의 시작점은 다를지라도 비슷한 경력을 가진 베테랑 교사들이 전해주는 진심, 나이가 들면서 깊어지는 교사의 길에 대한 생각, 아이들에 대한 더한 사랑, 그리고 동료를 애정하는 마음이 다른 내용과 형식으로 잘 담겨 있습니다. 우리가 처음 교사가 되었을 때 알았더라면 좋았을 것을 친절한 목소리로 들려주고 있어 그 마음에 가닿는다면 잔잔하게 다가오는 울림을 만나게 될지도 모릅니다. 서로 다른 이야기들을 만나며 어쩌면 누구는 선배의 삶을 통해 지혜를 얻을 것이고, 또 어떤 이는 공감하며 다시 힘든 이 세계에서 한 발을 옮길 힘을 얻어갈 것입니다. 학교생활은 쳇바퀴 돌 듯 똑같은 삶이고, 학교라는 곳은 더없이 바쁘게 살아가는 공간입니다. 그 가운데 어쩌면 우리는 서로에게 무관심한 채 그냥 하루하루를 견디고 있는 것은 아닐까요? 내 편이 한 사람만 있어도 세상을 살아갈 힘을 얻는다고 하지요. 이 책에서 선생님들을 응원하는 또 다른 선생님을 만나보시길 권합니다. 그리고 선배 교사가 들려주는 인생 이야기와 더불어 우리의 이야기도 함께 나누며 서로 교사 됨을 지지하고 응원해 주면 좋겠습니다.

- 『오늘도 교사로 걷는 당신에게』 저자, 중등교사, 배정화 -

프롤로그

교사 황유진

아이들이 좋고 새로움이 좋아서 교사를 선택한, 교직을 천직으로 생각하는 선생님. 리더의 역할로 학교 안팎에서 만난 다양한 선생님들을 보며, 이제는 선생님들의 선생님이 되어주고 싶은 새로운 열정으로 하루를 바쁘게 보내는 JOY 샘입니다.

정보를 검색하다가 우연히 찾은 한 블로그에서 교사들이 함께 모여 책을 쓰고 그 감동을 나누는 글을 발견했다. 나도 연구년 교사로 선발이 되면 만나는 선생님들과 함께 책 쓰기를 권유해보자 마음먹었고, 그 다짐은 이렇게 빨리 현실로 이루어졌다. 이처럼 누구를 만나느냐에 따라 달라지는 경험과 삶의 이야기는 비슷할 것 같은 교직 생활을 더욱 다양하고 풍성하게 만들어 준다. 이 책에는 교사가 된 시점부터 의미 있었던 만남과 성장, 삶 등의 이야기들이 담겨 있다. 우리의 이야기들이 독자들에게 새로운 시작과 도전이 되는 기회가 되기를 바란다.

교사 박세은

아직도 아이들을 만나는 일이 기대되고 설레는 24년 차 초등교사입니다. 나만 설레지 않고 학생, 학부모, 동료 교사가 함께 설렐 수 있도록 교사 리더십 발휘에 관심을 두고 다양한 교육 방법을 연구 적용하는 성찰적 실천가로 살고자 합니다.

교사는 신이 아니다. 평범한 인간인 교사의 일상을 담고 싶었다. 하지만 나는 평범하지 않은 인간, 교사였다. 지극히 인간의 삶으로서 아름다웠던 기억을 꺼내 봤지만 그 모든 기억에 교사의 흔적이 남았다. 아마도 모든 교사들의 향기로운 기억 속에는 우리 반 아이들과 동료 교사들이 함께할 것이다. 이것이 교사로서 삶을 이끄는 에너지이고 이 직업이 주는 선물일 것이다.

교사 곽인경

교사가 된 지 26년이 넘은 지금도 학생들을 보면 저절로 입가에 미소가 지어져서 스스로 교직을 천직이라 여깁니다. 신규 때는 학급 학생들과 좌충우돌했지만 이제는 학생, 학부모를 안정적으로 대하게 된 노하우를 동료들과 나누고 싶습니다.

어릴 때부터 가르치는 것이 좋았다. 중학교 때는 교실 분필을 집으로 가져와서 유리창에 판서하며 과목별 선생님들을 흉내내곤 했다. 그러다 진짜 교사가 되어, 하고 싶고, 할 수 있는 일을 하는 행운을 얻게 되었다. 경력이 쌓이면서 교직 노하우를 언젠가는 책으로 펴내고 싶다는 막연한 소망을 품고 살았다. 그러다가 2024년 경기 연구년 공동연구팀으로 만난 선생님들과 의기투합하여 동료 교사들에게 도움이 될 만한 글을 함께 쓰게 되었다. 우리 팀의 삶의 이야기와 교직에 도움이 되는 소소한 팁들이 이 책을 읽는 동료들에게 작은 도움이 되면 좋겠다.

교사 장미애

두 아이의 엄마로, 도봉산자락에서 생활공동체를 이루고 사는 23년 차 한문 교사입니다. 일상과 학교에서 여유와 행복을 누리며 오늘을 살아가고 있습니다. 2024 경기연구년 교사로 따뜻한 학교 공동체 문화 조성을 위한 방안을 고심하고 있습니다.

쉼 없이 달려온 교직 생활에서, 잠시 여유를 갖고 23년간의 교직 인생을 돌아보았다. 힘들고 처절했던 순간도 많았지만 내가 행복한 교사로 살아갈 수 있었던 것은 함께 걸어가는 동료 교사와 성장하는 학생들이 있었기 때문이었다. 설렘과 두려움을 가지고 교직에 첫발을 내딛는 신규 교사뿐 아니라 오랜 교직 생활에서 지친 선생님들께 옆에 따뜻한 손으로 나의 손을 잡아줄 선생님들이 계시다는 사실을 다시 한번 느끼게 해드리고 싶다.

교사 이영숙

행복해야 배움이 일어난다는 생각으로 교실 속 아이들의 행복 증진 방법에 대해 고민하며, 왕따와 폭력, 차별 없는 교실 환경으로 편안하고 따뜻한 학급 운영을 위해 노력하는 초등교사입니다.

글을 쓰는 동안 첫 발령지에서의 따뜻한 기억 속을 거닐었다. 무한 신뢰와 사랑을 보여줬던 나와 겨우 10살 차이의 우리 반 아이들, 어려울 때마다 의지가 됐던 든든한 동기들, 하나라도 더 알려주고 싶어 하셨던 선배 선생님들. 흔들리고 불안정한 새내기 교사에게는 제대로 보이지 않았던 그 감사한 마음들은 그리움으로 남아 있다. 이제는 내가 선배의 자리에서 그날의 나에게 그리고 오늘 내 옆의 신규 선생님에게 들려주고 싶은 이야기를 담았다. 이 글을 읽는 선생님의 나날들이 아이들과 동료들과 함께 배우고 나누는 설렘으로 가득하기를 바란다.

교사 **엄성우**

눈에 띄지 않게 나만의 개성 있는 삶을 추구하는 프로 드리머. 세상에 몇 안 되는 INFJ이지만 평범한 삶을 살고 있습니다. 아이들과 함께 성장하고 배움을 나누며 행복한 모험을 하고 있습니다.

하마터면 교사가 되었다.

23년을 넘게 했으니 누가 뭐래도 운명이다. 매일 아침 교실 문을 들어서는 순간, 나를 기다리고 있던 것은 교육 이상의 복잡한 세상이다. 선생님으로서의 이상과 현실의 괴리, 그리고 그 사이에서 나 자신을 찾으려는 노력들을 반복했다. 이제, 그 여정을 돌아보며 나와 같이 교사라는 세계에서 고생하고 있는 선생님들께 작은 이야기를 들려주고 싶다.

교사 김은정

걷고, 쓰고, 그림 그리는 것을 좋아하는 중학교 수학 선생님.

내향인이지만 학생들과 함께할 때면 기꺼이 외향인으로 변신합니다. 교사와 학생 모두가 성장하는 교실을 꿈꾸며 미래의 우리를 만나러 오늘도 걸어 갑니다. 『을지로 그림책』을 쓰고 그렸고, 『굿바이, 전주 기지촌』을 그렸습니다.

나는 아직도 교사로서 부족한 것이 많은데 세월은 어느새 흘러 27년 차 중견 교사가 되었다. 27년간 한 해도 쉬지 않았다. 처음의 열정은 점점 시들해져 번아웃이 된 것 같았다. 내가 싫어했던 교사들의 모습처럼 나도 그렇게 될까 봐 겁이 났다. 그런 내게 2024년의 연구년은 너무나도 소중하다. 좋은 경험들로 나를 채우고, 새로운 선생님들을 만나 자극받고 힘을 얻었다. 덕분에 용기 내어 내 이야기도 할 수 있게 되었다. 부디 나의 이야기가 선생님들의 마음에 가닿을 수 있기를 바란다.

교사 엄숙용

학생들과 노래 부르며 악기를 연주하는 시간이 가장 행복한 음악 선생님.
이 책을 통해 지나온 날을 돌아보며 학생들과 함께 음악을 즐기고 특별한 순간을
경험하던 교사의 삶에 열정 한 스푼을 더 얹은 행복한 교사가 되길 꿈꿔 봅니다.

살아온 세월 속에서 만난 은인들을 떠올려봤다. 그 따뜻한 손길은 단순히 '재능기부'를 넘어 한 학생의 미래를 바꿔놓았다. 나도 그분들을 본받아 학생들과 저경력 교사들에게 나의 재능과 긍정적인 말로 도움을 주고 싶어 교사로서 열심히 일해왔다. 비록 교직 생활을 그만두고 싶을 정도로 힘든 사건들이 있었지만, 나를 음악 교사로 만들어준 은인들과 가족의 사랑, 그리고 나에게 힘이 되어준 제자들과 동료, 선배 교사들이 더 많다는 사실이 교사로서의 삶을 꺾지 못했던 것 같다. 이 책을 읽는 독자들도 현재의 '나'가 있기까지 만들어준 과거에 감사하며, 미래의 '나'를 향해 스스로를 칭찬하며 걸어가길 바란다.

황유진

만남

설렘과 긴장 어디쯤

"지금 네 곁에 있는 사람, 네가 자주 가는 곳,
네가 읽는 책들이 너를 말해준다."

괴테

교사 성장 HIDDEN TIP

내가 선택할 수 있는 학교 밖 만남

1

좋은 사람을 만나고 싶다면

"학교 잘 다녀왔니? 힘들게 하는 애들은 없었어?"

"응, 없었어. 올해 애들은 참 괜찮은 것 같아."

초, 중, 고등학교와 대학교, 대학원을 졸업하고, 교사가 된 지 벌써 20년째, 어쩌다 보니 30년이 넘게 학교에 다니는 나에게 칠십이 넘으신 엄마가 카톡을 보내왔다. 아이들을 학교에 처음 보내는 여덟 살 1학년 아이의 여느 부모님처럼 걱정스러운 말투로 말이다. 교사이기에 앞서 누군가의 소중한 자녀인 내가 학교 가는 날이 되면, 우리 엄마도 매년 긴장을 한다. 그렇다. 오늘은 처음으로 아이들과 만나는 3월의 첫날이다. 행여나 우리 딸이 힘들지 않을까 걱정하며, 나와 일 년간 만날 인연들을 위해 매일 기도하고 힘이 되어 주는 나의 소중한 엄마다. 그런 엄마 덕분에 나는 아직도 즐겁게 학교에 다닐 수 있나 보다.

사람들은 1월 1일이 되면 새로운 결심으로 시작을 준비하지만 나에게 새해는 3월 1일이 되어서야 시작되는 것 같다. 우리나라 광복을 위한 의미 있는 삼일절이라서? 아니면 내가 결혼한 결혼기념일이라서? 둘 다 중요한 의미가 있지만 아니다. 그 이유는 바로 나는 대한민국의 교사이기 때문이다. 이날을 기준으로 교사들은 새 학교로 발령을 받기도 하고, 새로운 학년을 배정받아 매년 짐을 싸서 교실을 이동한다. 일 년 동안 함께할 새로운 아이들을 만나는 진짜 새로움이 시작되는 날인 것이다. 새로움은 설렘도 있지만 긴장감이 팽배하기도 한다. 그리고 버려야 할 것과 다시 시작해야 할 것들을 추스르느라 에너지가 참 많이도 쓰인다.

매년 정신없는 한 해를 보내고, 12월 말이 되면 개인 정보들을 파쇄기에 넣어 안전하게 없앤다. 경력이 쌓일수록 늘어나는 다양한 교육 서적과 아이들과 즐겁게 수업을 할 수 있는 나만의 비법 같은 학급 운영 아이템들을 박스로 정리하면 이삿짐이 한가득이다. 이렇게 짐을 싸고 풀고를 반복하며 매년 3월 1일을 기준으로 새로운 만남을 준비한다. 매번 똑같이 하는 일이라 익숙할 만도 하지만, 이사하고 다시 정리하고, 새롭게 일 년간 지낼 공간을 내 공간으로 정비하는 것은 에너지가 참 많이도 쓰인다. 직장에 들어간 친구는 한 직장에 다니며 부서 이동으로 사무실이 한두 번 바뀌었다고 한다. 그런데 나는 같은 학교에서도 다섯 번은 옮겨야 하고, 벌써 스무 번이나 이동을 했다. 같은 지역의 학교가 아닐 땐 여러 시ㆍ군으로 이

동까지 해야 해서, 짐을 싸서 집에서 보관하다가 다시 학교로 이사하는 두 번에 걸친 이사를 하기도 했다. 앞으로 남은 시간을 헤아려보니 많게는 열다섯 번에서 스무 번 정도는 이사를 더 해야 할 것 같다.

하지만 이사보다 더 낯선 것이 있다. 그건 바로 예측할 수 없는 아이들과 학부모들과의 만남이다. 작년에는 학교가 너무나 익숙해서 여유로움이 넘치는 6학년 아이들을 만났지만, 올해는 코를 찔찔 흘리며 모든 것을 낯설어하는 귀염 뽀짝 1학년을 만날 수도 있다. 같은 1학년을 만나도 총기가 넘치고 까르르 웃는 밝은 아이들을 만날 때도 있고, '나는 누구?, 여긴 어디?'라는 표정으로 나를 바라보는 아이들을 만날 때도 있다. 한시도 가만히 앉아 있지 못해서 정신을 빼놓는 아이들을 만나 안전이 걱정돼 화장실도 제대로 가지 못할 정도로 기가 빨리는 해도 있고 말이다. 아이들의 발달 단계와 학령기의 특성을 바탕으로 개발된 교육과정을 토대로 수업을 준비하고 아이들과 즐거운 학급 활동을 계획한다. 하지만 아이들의 발달속도의 차이와 서로 다른 가정환경에서 자란 다양한 특성을 가진 아이들과의 만남은 항상 예측 불가다. 그래서 매번 계획하고 준비하지만 빠른 판단과 변화에 대처하는 결정 능력이 수시로 요구된다.

매년 새로운 아이들을 만나면 빨리 파악하고 학교에 적응시키고, 나와 래포를 형성시키는 것이 매우 중요하다. 이를 위해 3월 한 달간은 보이지 않는 기 싸움이 있기도 하다. 그래서 새 학기가 시작된 후 3개월 정도까지는 아이들과 만남을 적응하는 시기로 삼는다. '처음 100일을 잘못 보내면 기절이 일어나고, 잘 보내면 기적이 일어난다.'라는 아기의 100일을 중요하게 생각하고 기다리는 마음으로 말이다. 아기가 낯선 세상에서 태어나면 세상에 적응하고 익숙해지는 것을 돕기 위해 부모는 엄청 애를 쓴다. 그 결과 100일이 되면 낮과 밤도 구분하기 시작하고 고개도 가누며 조금씩 성장한 모습을 보이며 한결 키우기가 편해지는 시기가 온다. 마찬가지로 아이들도 새로운 학급에서 선생님과 친구들과 적응하고자 함께 노력하는 시간을 잘 거치면, 일 년 동안 자신의 에너지를 긍정적으로 사용하며 성장이 일어나는 것이 똑같다. 그래서 나는 새로운 것을 시작하는 것을 주저하거나 겁을 내는 내 아이에게도 '일단 3개월만 해 보자. 그 기간은 힘들 수도 있고, 낯선 것이 당연해. 대신 온전히 그 시간을 보내보고 다시 이야기해 보자!'라며 처음은 당연히 어려움이 있다는 것을 알려주고, 그 시기를 잘 통과하기를 응원한다.

그래서일까? 학부모나 아이들의 새해 소망에는 "좋은 선생님 만나게 해주세요.", "ㅇㅇ이랑 같은 반 되게 해주세요."가 많다. 아이가 새 학년에 쉽게 적응하기를 바라기 때문이다. 빠른 적응은 아이들에게 익숙함을 주고, 익숙함을 통해 아이들은 다시 새로운 것을 받아들일 용기가 생기고, 용기로 인해 더 많은 배움과 성장이 일어난다. 그래서 사람들은 누구를 만나느

하마터면 이것도 모르고 교사로 살 뻔했다

냐에 따라 성장하는 방향이나 정도가 달라질 수 있다. 특히나 많은 시간을 학교에서 보내는 아이들에게 선생님과 학급 친구들과의 만남은 정말 중요하다. 나도 "우리 아이가 좋은 선생님 만나게 해주세요. 선한 친구들과 같은 반이 되게 해주세요."라고 하나님께 기도를 드리는 것은 여느 학부모와 다를 바 없다. 물론 무엇보다 가정에서 나와 자식 간의 관계를 건강히 맺는 것을 제일 중요하게 생각하고 노력하지만 말이다.

그러면 교사들은 어떨까? 교사들도 사람이기에 똑같다. 새해에는 좋은 아이들을 만나고 싶고, 좋은 동료 선생님들을 만나고 싶고, 좋은 학부모님들을 만나고 싶다. '나의 말을 잘 들어주는 아이들', '함께 기쁨과 슬픔의 감정을 공유하고, 서로 배울 수 있는 동료 선생님', '나를 믿어주고 존중해주는 학부모님'을 만나고 싶다. 교사도 누구를 만나는지에 따라 일 년이 행복할 수도 있고, 힘들 때도 있기 때문에 힘들어도 보람을 느낄 수 있는 사람들을 만나고 싶다.

아직은 어리고 자기중심적인 사고를 하는 것이 당연한 시기의 아이들이 모인 초등학교 교실은 크고 작은 갈등과 다툼이 많다. 게다가 요즘은 예전과 다르게 형제, 자매가 많지 않고 방과 후에도 각자 다른 학원과 일상들로 여러 사람들과 어울리는 기회가 적다. 그러다 보니 다름을 경험하고 맞춰가는 기회들이 적어졌다. 특히 몇 년 동안 코로나 팬데믹을 경험하며 학교생활을 온전히 하지 못한 아이들은 학교에서조차 소통의 기회가 매우 적었다. 그래서인지 다른 친구들의 감정을 이해하고 존중하는 것을 예전 친구들보다 더 어려워한다. 그 영향으로 가정에서처럼 친구나 선생님도 내 마음만 알아주기를 바라고, 결과는 상관없이 나는 그러려고 한 것이 아니라며 억울함을 호소하는 아이들이 많아졌다.

교사들은 초등학교 시기는 아이들이 함께 생활하는 것을 배우며 사회성을 익히는 중요한 시기이기에 서로 이해하는 것을 가르친다. 나와 맞는 친구와 성향이 다른 친구가 어떻게 함께 살아가야 하는지를 배울 수 있도록 타이르고 중재한다. 교사는 경찰이나 변호사처럼 옳고 그름을 판단하고 누가 얼마큼 잘못했고, 누가 이렇게 보상을 해야 한다고 말하는 판사가 아니기 때문이다. 아이들의 이야기를 들어주고, 속상함을 이해해 주고, 다른 사람의 입장을 헤아려보게 하여, 서로 다른 아이들이 같이 살아가는 방법을 알려주는 사람이다. 그래서 다툼이 일어나면 시간이 오래 걸리더라도 아이들의 이야기와 감정을 먼저 들어준다. 그리고 아이들에게도 학부모님들께도 상황을 알려드리고 오해한 것들을 이해시켜주려고 노력한다. 하지만 소수의 아이들과 학부모님들은 때론 이 과정을 남의 아이 편만 든다고 오해하기도 한다. 더 나아가 내 아이가 잘못해서 엄하게 혼내면 싫지만, 다른 아이가 내 아이한테 잘못하면 엄하게 혼내달라고 하는 아이러니한 상황이 생기기도 한다. 그래서 교사들도 소망한다. 문제는 발생할 수 있지만, 서로 다름을 인정하고 잘 지내려고 노력하려는 아이들을 만나기를……. 많은 아이들이 함께하다 보면 크고 작은 다툼이 생길 수밖에 없지만, 그 과정을 통해 아이들이 배우고 성장하는 시기임을 이해하고 함께 노력할 수 있는 학부모님을 만날 수 있기를 말이다.

그럼 좋은 선생님은 누가 만날 수 있을까? 좋지 못한 선생님은 또 어떤 선생님인가? 아이들을 위해 열심히 활동을 준비했다가 '내 아이의 마음을 상하게 했다.'라는 학부모의 민원으로 준비한 것들을 내려놓아야 할지 고민하는 동료의 이야기를 들은 적이 있다. 활동에서 성취감을 느끼거나 칭찬받으며 긍정적인 경험을 해야 하는 데 노력한 것이 잘 안돼서 아이가 마음을 아파했다고 한다. 그래서 우리 아이가 실패의 경험을 얻었다며 민원을 넣으셨다는 것이다. 씁쓸했다. 무언가를 열심히 하다가 넘어져도 보고 그 상처가 딱지가 되어 더 단단한 살이 되어 봐야 또 다른 것을 도전하는 힘이 생기는데……. 우리 아이가 학교에서는 넘어지지 않고 좋은 환경 속에서 예쁘게만 자라게 해달라고 요청하신다. 교사로서 참 고민이 많아진다. 나와 애정을 갖고 만난 아이들이 밝고 즐겁게만 지내다가 세상 밖으로 나갔을 때, 작은 바람도 견디지 못하는 성인이 된다면……. 내 아이라면 상상하기도 싫은 상황이다.

물론 나도 내 아이가 마음 아파하면 내가 아픈 것보다 더 힘들다. 오히려 견디기 힘들어 내가 대신 아파주고 싶다. 어느 부모가 자녀의 아픔을 잘 견디고 볼 수 있을까? 하지만 언제까지 내가 아이를 지켜줄 수 있을까? 이 세상에 누가 나와 같은 마음으로 내 아이를 바라봐줄 것인가? 이것을 생각하면 아이를 부모 없이는 아무것도 못하는 아이로 키우기보다는 건강한 마음을 가진 아이로 길러야겠다는 생각으로 정신을 차리게 된다. 사랑하는 마음으로 차마 나는 시도하지 못했던 것들을 내 아이만을 절대적으로 사랑해주지 않는 다양한 환경과 사람들 속에서 아이는 자라고 성장할 것이다. 그러기에 나도 아이가 긍정적으로 성취했을 때는 칭찬과 격려를 아끼지 않고, 아이와 맞지 않는 사람이나 환경과 감정 속에서 힘들어할 때는 그 속에서 더 강하게 자랄 아이를 좀 더 안아주며 묵묵히 응원하며 기다리려고 노력하게 된다.

지금 당장 내 아이가 속상한 것을 견딜 수 없어 하는 민원들은 아이를 자라게 하지 못하게 할 뿐만 아니라 교사들도 지치고 소극적으로 만들게 한다. 그로 인한 피해는 고스란히 다른 아이들이 함께 받게 된다. 지금 '당장'이 아닌 긴 호흡으로 아이들을 기다려주며, 조금은 불안정하고 미숙한 시기를 건강하게 성장할 수 있도록 '지켜봐 주는 것'이 교육이다. 그리고 그게 학교와 가정에서 교사와 부모가 해야 할 일이다. 부모와 교사가 함께한 긍정적인 성취와 기억으로 아이가 힘든 도전을 할 때 힘으로 꺼내 쓸 수 있기를 바라며, 아이들이 건강한 마음을 가진 성인이 될 수 있도록 돕는 일 말이다.

그러기에 교사와 학생과 학부모는 소중한 만남이 되기 위해 서로 존중하고 소통해야 한다.

학생, 학부모, 동료 교사의 복이 교사의 3대 복이라는 우스갯소리가 있다. 세 가지 복을 받은 해에는 동학년 교사들과 '으쌰 으쌰' 교재 연구도 생활지도도 활발히 교류한다. 무엇이든지 '쭉쭉' 받아들이고 성장하는 아이들의 모습에 힘을 얻어 다양한 활동과 연구가 풍성하다. 묵묵히 협조해 주시고 믿어주시는 학부모님들도 학기 말 설문에 감사 인사가 넘친다. 누군가의 만남을 기대하고 그 만남이 의미가 있기를 바란다면, 먼저 만남에 어울리는 사람이 되자. 서로 다르지만 서로 맞춰보고 이해도 해 보자. 나도 예측 불가능한 만남이지만, 올해도 내년에도 그 이후에도 좋은 선생님이 되기로 먼저 노력하려고 한다. 매년 맞이하고 준비하는 3월 1일이 서로에게 좋은 만남이 되기를 기대해 본다.

2

내가 좋아하는 것과 온전히 만나기

초등학교 2학년을 담임하던 시절, 국어 시간과 연계하여 '내 꿈'에 대해 이야기를 나눴다. 내가 좋아하는 게임과 레고를 영상으로 찍어서 유튜버가 된다는 아이, 예쁜 초콜릿을 만들어서 실컷 먹기 위해 파티시에가 되겠다는 아이, 동물을 좋아해서 수의사가 된다는 아이……. 모두 저마다의 이유로 하고 싶은 것도, 되고 싶은 것도 많은 아이들의 눈빛은 그 어느 때보다 반짝거린다. 그때, 갑자기 한 아이가 손을 번쩍 들더니 큰 소리로 묻는다.

"선생님은 꿈이 뭐예요? 뭐가 되고 싶었어요?"
"선생님은 어렸을 때부터 선생님이 되고 싶었지."
"그럼, 이제 꿈이 없겠네요?"
"지금 선생님의 꿈은……."

선생님이 되고 싶었는데 선생님이 되었다. 아이들 입장에서 보면 나는 꿈을 이룬 사람이다. 그런데 이십 대에 원하는 직업을 가졌다고 꿈을 다 이룬 것일까? 물론 대학교 전공이나 어린 시절 꿈과 상관없는 직업을 가진 어른들이 더 많은 것을 보면, 나는 원하는 것을 하고 있는 운이 좋은 사람이다. 하지만 내 꿈은 선생님이 되는 것만은 아니다. 이것은 내가 왜 선생님이 되기를 결심했는지가 대답이 될 수 있다.

책 읽는 것을 좋아했던 나는 대형 서점에 가면 하루 종일 책을 읽다가 시간이 부족해 더 읽고 싶은 책들을 바리바리 잔뜩 사서 오곤 했다. 그 시절 중학교 때 친절하시고 멋진 국어 선생님을 보며 국어 선생님이 되기를 꿈꿨다. 어린 시절부터 피아노 치는 것을 좋아했지만 공부를 위해 아쉽게 그만둔 아쉬움을 달래기 위해 음악 선생님이 될까를 고민한 적도 있다. 교회에서 지역의 어린이와 장애인 시설에 봉사활동을 주기적으로 가던 때는 특수교육 선생님이 될까도 생각하던 시절이 있었고, 재미있는 지리와 사회문화 수업에 빠져 있을 때는 세계 여러 나라를 여행하며 영어도 하고, 음악도 현장에서 즐길 수 있는 여행 가이드가 될까 상상도 했었다. 이것도 재미있고 저것도 재미있고, 새로운 것을 다양하게 경험하고 싶은 내 성격은 수능을 본 후 대학에 원서를 넣는 마지막 순간까지도 고민을 하게 했다. 그때 기적같이 내 생각을 스친 것이 있었다. 다양한 연령대의 아이들을 만날 수 있고, 내가 좋아하는 음악과 영어, 사회 등 다양한 과목을 가르칠 수 있고, 방학을 이용해서 여행도 갈 수 있고……. 아이들을 매우 좋아하고 똑같은 일상보다는 새로운 것이 흥미로운 나에게! 특히 열심히 공부를 가르쳐주시던 좋은 기억의 선생님들을 닮고 싶은 나에게는! 초등학교 선생님이 딱이었다.

그렇게 나는 교육대학교에 원서를 넣고 임용고시에 합격하여 선생님이 되었다. 그럼 꿈을 이루었다고 말할 수 있을까? 맞기도 하고 아니기도 하다. 나는 아이들에게 내가 되고 싶었던 멋진 음악 선생님도 되고 싶고, 영어 선생님도 되어야 했다. 그래서 나는 발령 첫해부터 다시 내 꿈을 이루기 위해 도전하기로 마음먹었다. 하지만 첫 발령 후 새로운 지역에 집을 얻고 해 보지 않았던 교사 역할을 하며 생활하는 것만으로도 나는 체력이 고갈되었다. 계획하지 않았던 퇴근 후의 출장이나 회식들도 생기고, 부모님이 차려주시는 밥을 먹으며 생활하던 학생 때가 좋았다는 것을 그제야 깨닫게 되었다. 이제는 온전히 혼자 살림을 꾸리며 직장인으로서 자취 생활을 해야 하니 그 삶이 꽤 고되게 느껴졌다. 무엇보다 퇴근 후 아무것도 하지 못한 채 이렇게 매일 똑같은 일상으로 살아야 하는 것인가 직업적 고민도 되었다. 하지만 다행히 시간이 지날수록 교사 생활에 적응해 가며 내 생활의 균형을 찾고 나를 위해 무언가를 해 볼 여유를 찾게 되었다.

내가 첫 발령이 난 학교는 특기 적성 연구학교로 선생님들이 아이들의 특기 신장을 위해 교육과정 시간과 방과 후 시간을 중점적으로 지도하는 학교였다. 어떤 선생님은 아이들에게 기악합주를 가르치기도 했고, 어떤 선생님은 신나는 음악에 맞춰 다양한 줄넘기를 지도했다. 모두 대단해 보였다. 그래서 나도 자취하는 아파트 주변에 공예를 배울 수 있는 곳을 찾아갔다. 초등학교의 다양한 활동 특성상 미술과 만들기를 잘 지도하면 아이들에게도 좋을 것 같았다. 일단 나를 위한 시간을 만들자 생각하고서는 결국은 또 가르치는 것에 도움 되는 것을 배우는 것을 택하게 된 것이다. 내가 좋아하는 것을 하면서 아이들 수준과 주제에 맞게 가르칠 수 있도록 협회 선생님께 필요한 것들도 더 배웠다. 이런 나를 기특하게 여기신 한 선배 선생님께서는

"이왕 배우는 김에 자격증을 취득하며 배워봐요. 그냥 잘하는 거랑 내가 어떤 자격을 갖추고 하는 거랑 학부모님이나 학교에서 바라보는 것도 달라질 거예요."

그 이야기에 도전을 받은 나는 열심히 배우고 노력해서 결국 그해 자격증까지 취득하게 되었다. 선배 선생님 덕분이다.

2년 후 집 인근으로 학교를 옮긴 나는 내가 하고 싶었던 일들을 더욱 왕성하게 하기 시작했다. 결국 또 가르치는데 도움을 주는 것들을 배우게 된 것이지만 말이다. 첫 발령이 나던 해 멋진 모습으로 아이들을 가르친 선배 선생님을 따라 '음악줄넘기' 연수를 받아 3급과 2급을 차례로 취득한 후, 아이들과 즐거운 체육 시간을 가졌다. 기악합주를 열심히 하던 선생

님께 자극을 받은 나는 〈교사 리코더 합주단〉이라는 곳을 찾아 다양한 리코더를 배우며 연주회를 하는 경험도 가지며 아이들에게도 즐겁게 리코더를 가르쳤다. 일주일에 한 번은 한 시간 정도 지하철을 타고 가야만 있는 〈직장인 바이올린 동호회〉에 가입하여, 어린 시절부터 배우고 싶었던 바이올린을 배우기도 하였다. 이후, 고양시에 있는 〈한국영재음악협회〉라는 곳에서는 우쿨렐레와 리코더 초급, 중급, 전문 악장 앙상블 과정을 배운 후 시험을 통해 자격을 취득하기도 했다. 〈한국국악문화예술교육협회〉라는 곳을 찾아서 '타악과 모둠북'이라는 난타 자격증과 '전래놀이지도사' 과정을 배우고, 배움을 남기기 위해 자격증을 취득하는 과정을 계속 반복했다. 누가 시키지 않았지만 내가 해보고 싶었던 열정을 찾아다니는 나를 보고, 학교에서는 합창부를 만들어서 지도하라는 업무를 배정해주셨다. 아이들 앞에서 좀 더 전문적으로 서고 싶었던 나는 퇴근 후에는 NTTP(New Teachers Training Program) 음악 교과 연수를 하는 부천의 학교를 찾아가기도 하고, 방학에는 소년·소녀 합창 지도 연수를 찾아 다양한 지역에서 연수를 들었다. 〈한국예술종합학교〉 토요 합창 교실에 들어가 직접 합창을 배우기도 하고, 〈한국예술종합학교〉에서 지휘를 전공한 대학생에게 지휘 레슨을 받기도 하며 음악 선생님이 되기 위한 열정을 쏟았다. 그렇게 내가 좋아하는 것을 배우며 아이들 합창을 지도한 결과, 시에서 매년 1, 2등을 하는 우수한 성적을 얻기도 했다. 내가 좋아하는 일에 열정을 쏟으니 더 뛰어나신 선생님들이 많았음에도 불구하고, 즐기며 노력한 내가 더 좋은 성취를 얻게 되었다. 그렇게 나는 학교 선생님들께도 '마에(마에스트로)'라는 별명으로 불리며, 내가 되고 싶었던 음악 선생님의 꿈을 행복하게 이루어 갈 수 있었다.

  학교를 옮겨서도 합창부와 리코더 앙상블 등 다양한 음악 관련 업무를 하며, 단순히 초등학교 선생님에서 부캐(부캐릭터)인 음악 선생님을 얻어 내가 해보고 싶고, 좋아하는 일을 원 없이 할 수 있어서 행복했다. 이후에 〈한국 오르프 음악교육 연구소〉 교사 장학 과정에 도전하여 무료로 오르프 지도자 교육을 받으며 음악의 지평을 더욱 넓혀갔다. 〈교육지원청〉에서는 '문화예술지원단'을 하며 내가 좋아하는 음악 관련 정책을 지원하는 일에도 즐겁게 참여하였다. 그러다 다양한 실기뿐만 아니라 학문적으로도 좀 더 성숙하고 싶은 마음이 생겼고 그해 음악교육 대학원을 진학하여 너무나 즐겁게 음악 공부도 하고 내가 관심 있던 분야로 논문도 쓰며 행복한 대학원 생활을 마칠 수 있었다.

  그동안의 배움을 돌아보면 시간도 많이 들고 때론 비용도 많이 들고 누가 알아주는 것도 아니고 꼭 필요한 것도 아니었다. 하지만 온전히 내가 좋아하고 내가 행복한 일에 미쳐서 살아본 경험은 학교 일이 힘들 때나 정서적으로 고민이 많을 때 나를 위로해 주었고, 내가 다시 설 수 있는 힘을 주었다.

"지금 네 곁에 있는 사람, 네가 자주 가는 곳, 네가 읽는 책들이 너를 말해준다."라는 괴테의 유명한 명언이 있다. 매일 똑같이 학교와 집을 반복하며, 일상에 지쳐서 작은 교실 속에 갇혀 있지는 않은가? 물론 가장 중요한 공간이며 가장 힘을 쏟아야 할 곳이 우리에겐 학교이고, 그러기 위해 나를 충전하고 쉬게 해줄 곳이 집이다. 하지만 내 마음속 들끓고 있는 에너지에 귀를 기울여보자. 아직 꿈틀대기는 했지만 피어나지 못했던 내 열정을 꺼내 보자. 내 마음이 나를 위해 해 보라는 것을 하나씩 만나기 위해 노력해 보자. 온전한 나를 만나고, 그 만남이 교사 생활을 더욱 행복하게 해줄 것이다!

3

누군가에게 소중한 만남이고 싶다

어두컴컴한 복도에 아무런 소리도 들리지 않는다. 아무도 없나? 조용히 그녀의 교실 앞을 지나가니 역시나 교실도 불이 켜지지 않은 채 캄캄하고 아무 소리도 들리지 않는다. 다시 돌아서서 가려는 찰나 힘없이 고개를 드는 그녀가 보인다. 깜짝 놀라 노크를 하고 교실로 들어갔다.

"어머, 선생님! 아무도 없는 줄 알았어요. 왜 불도 안 켜고 이렇게 앉아 있어요. 무슨 일 있어요?"

"아……. 그게 아니라……. 그냥 멍때리고 있어요."

"아이고, 선생님. 오늘 많이 힘들었나 봐요. 수업하고 물은 좀 마셨어요? 연구실에 가서 따뜻한 차라도 한 잔 마실래요?"

혼자 두면 안 될 것 같은 얼굴에 걱정이 된 나는 그녀에게 무언가 해주어야겠다는 생각에 교실 밖으로 그녀를 데리고 나갔다.

작년에 우리 학교로 세 명의 신규 선생님이 발령을 받아 왔다. 어찌나 다들 맑고 예쁘고 빛이 나는지 그 젊음과 풋풋함이 무척 사랑스러워 보였다.

'아이들은 좋겠다. 예쁘고 좋은 선생님들을 만나서.' 내가 아이인 양 괜히 기분이 좋아진다.

"안녕하세요. 선생님, 저는 ○○○이라고 해요. 우리 학교로 발령받은 것 축하드려요. 우리 학교는 아이들도 순수하고, 학부모님들도 참 좋으세요. 행복한 교직 생활의 첫 시작을 함께하게 되어서 기쁘네요. 우리 잘 지내봐요."

"안녕하세요. 선생님. 환영해주셔서 감사합니다. 앞으로 잘 부탁드려요."

기존에 있던 선생님들과 새로운 선생님들의 정겨운 인사가 오갔다. 교사 휴게실에 가서 함께 차를 마시며 이런저런 이야기도 나누고, 아무것도 없는 선생님들의 사무용품을 챙겨드리기 위해 행정실과 교무실 비품함도 같이 갔다. 새로운 선생님의 교실도 같이 가서 안내도 하고, 당장 만나야 할 아이들과 수업에 관한 이야기를 알려주시는 선생님들도 있었다. 다들 낯설어할 선생님들에게 조금이라도 도움이 될까 노력하는 모습들이 참 보기 좋다. 아직 학기가 시작되지 않았고 아이들을 만나기 전이라서 그런지 바쁘지만 웃음이 끊이질 않았다. 며칠 후 바로 정신없는 날들이 시작되

긴 했지만 말이다. 그리고 한 달도 되지 않은 오늘 내 옆 반 선생님은, 너무 힘들어 힘이 하나도 없는 모습으로 어두컴컴한 교실에서 넋을 놓고 있던 것이다.

일반 회사원처럼 회사에 적응하고 업무를 천천히 익히는 시간이 학교에는 없다. 물론 교생실습이라는 제도가 있어 실습학교에 몇 학기를 나가며 아이들과 만나고 수업을 비롯한 학교생활도 익힌다. 하지만 정신없는 3월 새 학기부터가 아닌, 베테랑 선생님들과 안정된 모습으로 한 학기를 보낸 후 끝날 즈음에 실시되는 교생실습 때와는 분위기가 너무나 다르다. 발령을 받는 순간 나는 바로 우리 학교에 하나뿐인 인권 교육 담당자가 되기도 하고, 3학년 4반 담임 선생님이 되기도 한다. 막중한 책임감이 바로 시작되는 것이다. 전문적인 교과 교육을 배우고 익혀서 현장에 왔고, 아동에 대한 이해와 상담 등 교사로서 필요한 교육과 실습도 4년간 열심히 했다. 그리고 더 배우고 공부해서 임용고시를 합격해서 학교에 나왔다. 하지만 학교라는 현장에 처음 발령이 나면 배우고 공부한 것 외에 예측 불가능하고 생각해 보지도 못한 일들이 너무나 많아 혼란스럽다.

경력 교사들은 예측 불가능한 상황에 대한 빠른 파악과 생활지도 능력이 탁월하다. 대신 저경력 선생님들은 아이들과 나이 차가 적다 보니 스스럼없이 소통하기도 하고, 열정 넘치는 에너지와 체력으로 다가갈 수 있는 큰 장점이 있다. 그래서 학교 현장은 다양한 연령층의 교사가 공동체를 이루며 서로 좋은 시너지 효과를 내며 돌아가면 참 좋은 공동체이다. 아이들도 마찬가지로 다양한 연령층의 선생님을 만나며 매해 다른 장점들을 경험할 수 있다. 저경력 선생님들은 실전 경험의 시간이 부족하긴 해도 그 시기 선생님들만이 가지고 있는 장점으로 교직에 적응하며 행복한 교사가 되기 위해 부단히 애를 쓰고 노력한다. 그런 모습을 보면 뿌듯해서 저절로 미소가 지어진다. 하지만 뭐든지 열심히 하고 사고 한 번 치지 않고 학창 시절을 보내왔던 선생님들이라서 그런지 작은 일에도 크게 겁을 먹는다. 첫 발령 시기에 선배 교사의 말에도 덜덜덜 떨던 나처럼 말이다. 그런 모습을 보면 내 모습이 떠올라 안타깝고 안쓰럽기도 하다.

"부장님, 오늘 아이들한테 꼭 나눠주어야 할 안내장이 있었는데 정신이 없어서 못 나눠주었어요. 아우, 어쩌죠?"
"부장님, 부장님! 큰일 났어요. 어제까지 교육청에 자료 집계를 보냈어야 하는데 놓쳤어요. 어떻게 해요?"

화들짝 놀라며 큰일이 난 것처럼 달려와 말을 해서 들어보면 다행이 대처할 수 있는 일들이 많다. 물론 누군가 다쳤거나 학생 생활지도로 문제가 커지는 경우도 있지만 대부분은 사소한 일들이다. 놀라며 달려온 선생님에게 나는 진정시키며 세상에 큰일 날 일은 없으니 괜찮다고 말해준다. 정신없는 와중에 해야 할 일들의 우선순위를 정하고 일을 배우지만, 깜박하기도 하고 기한 내에 못하기도 하는 여느 새내기 직장인의 모습이기 때문이다. 가르치는 것이 좋아서 교직을 선택했는데 막상 나와 보니 많은 사람들을 챙기고 상대해야 하고 쏟아지는 행정 업무에 신경 쓸 것이 너무 많은 새내기 선생님 시절……. 그 시기를 지나온 나 같은 경력 교사들은 가끔 저경력 선생님들의 일들을 뒷수습을 하느라 진땀을 빼기도 하지만, 누구보다 열심히 애쓰며 노력하는 것을 알기에 그런 선생님의 모습이 귀엽기만 하다. 아마 직장 생활을 해 본 어른들도 누구나 신입의 시절이 있었으니 그 시기가 얼마나 힘들었는지 그래서 작은 도움의 손길도 얼마나 크게 고맙게 기억되는지 이해할 수 있을 것이다. 그러나 일부 학부모들은 이 시기를 기다려주지 못하고 처음부터 완벽한 교사를 원한다. 수많은 좋은 점보다 몇 개의 부족한 점으로 선생님을 평가하고 힘들게 하기도 한다. 그래서 신규 선생님들이 어두컴컴한 교실에 멍하니 앉아 있는 모습을 보면 무슨 일이 있을 수도 있다는 생각에 걱정이 된다.

지난해 교직에 들어 온 김 선생님은 작년에는 교과 전담 교사로 아이들을 가르치고, 올해는 처음으로 담임교사를 맡았다. 그렇게 밝고 똑 부러지고 빛이 나던 선생님은 작년과 같은 사람이 맞나 싶을 정도로 얼굴은 푸석해지고, 목소리도 기운이 없다. 김 선생님은 이름만 대면 알 만한 고등학교를 나와 교사가 되기 위해 교대를 입학하여 열심히 공부하고 임용고시에 합격해서 바로 학교 현장에 온 우수한 엘리트 인재이다. 아마 부모님의 기특하고 자랑스러운 딸이었을 것이고, 누가 봐도 성실하고 멋진 사람이다. 근데 올해 마주하는 모습은 자기 모습을 드러내지 못한 채 지치고 기운이 없어 보여 이대로 괜찮은지 걱정이 되었다.

그 모습을 보니 십여 년 전, 모두가 돌아가고 혼자 있는 컴컴한 교실에서 혼자 훌쩍거리며 울던 내가 떠올랐다. 교사가 되던 첫해 아이들과 인사하며 행복하게 웃고 있는 나를 세상 슬픈 사람으로 만든 이야기들도 말이다.

"선생님! 선생님은 아직 결혼도 안 하고 애를 안 낳아봐서 몰라요."
"어차피 여자들은 공부 잘해봤자, 선생이나 되지!"
"남자친구 있으세요? 소개팅해 드릴까요? 호호호."

그분은 웃으면서 나를 챙겨준다고 한 말이라 생각할지 모르겠지만, 반말과 존댓말을 이상하게 섞어가며 열심히 공부하고 노력해서 교사가 된 나를 비아냥거리는 그 말은 아직도 상처로 남는다. 지금의 나라면 기분이 나쁘더라도 농담으로 여기며 "어머니도 열심히 공부해서 선생님이 되지 그러셨어요."라고 말하며 웃으며 받아칠 수 있는 배짱도 있고 털어버릴 수 있었을 텐데 말이다. 하지만 사회생활이 처음인 그 당시의 나는 매우 당황하였고 제대로 기분이 나쁘다는 표현도 못한 채 바보같이 교실로 들어와 눈물을 터트리고 말았다. 한참을 울고 시간이 지났을까? 옆 반 선생님이 오셨다. 나에게 아무것도 묻지 않으시고, 오늘 맛있는 것을 사주고 싶다고 하신다. 혼자 아파트를 얻어서 자취하는 것을 아시기에 몇몇 선생님들과 함께 저녁 먹고 들어가라고 하신다. 나는 괜찮다고 했지만 마음이 놓이지 않으셨는지 여러 차례 권유하시는 선생님의 따뜻한 마음에 따라나서게 되었다. 아마 내가 혼자 울고 있는 것을 보고 걱정이 되셨나 보다. 그렇게 그 선생님은 따뜻하고 맛있는 밥을 사주시고 이런저런 이야기를 해주시며 나의 속상함을 잊고 웃게 해주셨다. 그때 당시에 감사하다고 이야기도 못 했던 것 같은데 시간이 지날수록 신규 선생님들을 만날 때마다 그 따뜻하고 감사한 마음이 생각난다. 그 선생님은 그 이후로도 내가 실수하거나 잘 몰라서 헤맬 때 진심 어린 말로 바로잡아주시고 알려주셔서 무슨 일이 있으면 그분께 의논하러 갔던 기억이 난다.

그때의 기억은 나의 교직 생활에서 새로운 선생님, 특히 젊은 선생님들을 만날 때마다 내가 어떤 마음으로 대해야 할지 깨달음을 주었다.

'모든 것이 새롭기에 무엇부터 어떻게 물어봐야 할지도 모르겠고, 속상한 일이 있어도 바로 말도 못 한 채 혼자 담임으로서 업무 담당자로서 끙끙대고 있을 거야. 그리고 그동안 자신이 살아온 것과 전혀 다른 세상에서 애쓰며 살고 있는 중일 거야.'

'나보다 경력이 많은 분들의 도움을 받았을 때 마음을 잘 표현하지 못해도, 나처럼 그 언젠가 따뜻한 기억으로 또 다른 후배 선생님들에게 사랑을 전할 선생님이 될 수 있을 거야.'

우리가 매일 만나는 아이들이 지금 당장은 변화가 어렵고 성장의 모습을 확인하지 못할 때가 대부분이지만, '선생님 덕분에 이렇게 되었어요.'라고 말하며 먼 훗날 찾아오는 것처럼 말이다. 보이지 않지만, 오늘도 최선을 다해 애쓰면 언젠가는 열매를 맺을 것을 아는 교육자로서의 모습이 후배 선생님들에게 도움을 줄 때도 똑같이 적용되는 것이었다.

지금 마음이 힘들다면, 주변을 둘러보자. 분명 나와 비슷한 경험을 하고 내가 도움을 요청할 때 따뜻한 위로를 전해줄 동료가 있을 것이다. 어쩌면 먼저 물어보지 못하고 도움을 요청하기를 묵묵히 기다리고 있을 것이다. 지금 내가 행복하다면, 그래도 주변을 둘러보자. 누군가는 함께하고 싶지만 표현할 수 없어 마음을 같이 나누고 싶음을 다른 방법으로 표현하고 있을지도 모른다. 그러려면 내가 먼저 나를 소중히 여기자. 제일 잘 아는 나를 위해 따뜻한 위로도 해주고, 힘든 나에게 잠도 주고, 달콤한 아이스크림도 먹게 해주자. 그리고 그 힘으로 누군가에게 그들이 기다리는 소중한 사람이 되어 주었으면 좋겠다. 누군가에게 소중한 만남은 내가 먼저 진정한 나를 만나고, 나를 있는 그대로 존중해 준 그분들 덕분에 이루어질 수 있으니 말이다.

4

마음을 받는 사람에서 주는 사람으로

"우리 지금 떡볶이 먹으러 갈래?"
"당연하지, 새로 나온 음료수도 같이 사 먹자!"

저녁을 다 먹은 지 얼마 되지도 않았는데 떡볶이를 또 먹고 싶다. 친구한테 가자고 하면 가려나 걱정은 왜 했는지 친구는 나보다 앞장서 나선다. 고등학생 때 내가 좋아하는 친구들은 내가 떡볶이 먹으러 가자고 하면 같이 가는 친구들이었다. 물론 떡볶이 말고도 내가 서점에 갈래? 아이스크림 먹으러 갈래? 등 무언가 같이 하자고 하면 항상 함께해 주는 친구들이었다. 교사가 되고 나서 내가 좋아하는 사람들은 누구였을까? 역시나 한동안 퇴근 후에 함께 떡볶이를 같이 먹을 수 있는 교사였다. 떡볶이를 함께 먹는다는 것은, 나를 위해 시간을 내주고, 내가 좋아하는 것을 함께할 수 있으며, 나의 이런저런 이야기를 들어줄 수 있는 마음이 있는 사람이기에 나에겐 꽤 소중한 사람들이었다. 다시 말해, 내가 힘들 때 같이 무언가 하자고 했을 때, 내 손을 잡아준 사람들……. 지금은 그게 떡볶이일 수도 있고, 마라탕일 수도 있고, 누군가는 음식이 아닌 또 다른 무언가일 수도 있을 것이다.

학창 시절에는 친구들과 그렇게 마음을 나누고 친해지기 쉬웠는데, 교직에 들어오니 나와 같은 나이의 선생님을 만나기는커녕 정말 다양한 연령대의 사람들을 만나게 됐다. 이곳에서 나와 함께 마음을 나눌 사람들을 만날 수 있을까? 낯선 지역, 낯선 문화와 낯선 사람들이 있는 곳에 혼자 뚝 떨어진 기분으로 잔뜩 긴장해 있었다. 그나마 아직 선생님이라는 호칭이 어색한 나에게 쉴 새 없이 '선생님'이라고 부르며 나를 좋아해 주는 아이들 덕에 낯섦은 행복함과 열정으로 가득 차기도 했다. 하지만 아이들이 하교하고 나면 무슨 말인지 모르는 외계어 같은 행정 업무 지시를 일정에 맞추어서 해야 했고, 수시로 벌어지는 일들로 학생들과 학부모님들의 상담이나 전화로 시간을 많이 할애해야 했다. 여유롭게 차 한잔 마시며 쉬기도 어려웠으니, 누구와 이야기하고 친해질 시간은 꿈도 꾸지 못했다. 이렇게 하는 게 맞나? 나한테 하라고 하는 전달 사항인가? 확인하고 파악하며 하루살이처럼 그날의 일을 처리하고 집에 가면 초저녁부터 쓰러져서 다음 날까지 기절한 듯이 자곤 했으니 말이다. 하지만 조금씩 교사 생활에 적응하고 학교 문화에 적응하며 먼저 다가와 주시는 동료 선생님들과 친해지며 학창 시절 친구들과의 관계와는 다른, 나이를 초월한 관계에 점차 빠져들게 되었다.

하마터면 이것도 모르고 교사로 살 뻔했다

내가 교사로 발령받은 후 처음으로 마음을 함께 나눈 사람은 주변에 나와 비슷하게 혼자 사는 선배 교사들이었다. 먼저 발령받아 이 지역에 살며 학교에 발령받은 그들도 사실은 1~2년 차의 신규 교사였지만, 처음 사회생활을 시작하는 나에게 본인들의 경험을 기쁜 마음으로 잘 알려주는 모습에 그 당시에는 엄청 대단하다고 느꼈었다. 그분들 중에는 내가 생각한 이상으로 더 도와주시는 선생님들도 계셨다. 그 지역의 맛집을 물어보면 함께 맛있게 먹으며 학교 이야기와 개인적인 교사로서의 고민을 스스럼없이 나누며 위로와 힘을 주시기도 했다. 같은 직업으로 비슷한 경험을 한 선배 교사들이 앞으로 나와 마음을 함께 나눌 수 있는 함께해야 할 사람들이라는 것을 큰 의미로 깨달았던 시기였다. 마음을 온전히 나눌 수 있는 선배 교사들 덕분에 나는 다양한 업무 처리 방법과 학생들과 학급을 즐겁게 엮어가는 것을 배웠다. 그리고 멋진 선배 교사들처럼 긍정적인 마음가짐과 비전을 세우며 첫 시작을 건강하게 할 수 있었다. 그 이후로도 나는 새로운 학교로 옮기면 내 고민을 잘 들어줄 것 같은 선배 교사들을 찾기 위해 내 레이더망을 돌렸다. 그리고 나에게 포착된 선배 교사의 경험과 이야기를 들으며 만나고 함께하는 일에 적극적으로 참여하며 신규 교사에서 점점 경력 교사로 성장해 갈 수 있었다.

근무했던 학교와 모든 해에 나와 마음을 나눌 수 있는 사람들을 만났던 것은 아니다. 너무나 좋은 구성원들과 근무해도 동학년이나 같은 부서의 연결고리가 없어서 의미 있는 만남을 가질 수 없었던 적도 있다. 어떤 해에는 외부 공부나 일로 너무 바쁘거나 육아로 정신이 없는 분들과 동학년을 하면서 서로 만나고 교류할 여유가 없는 분들하고만 함께할 때도 있었다. 그때 나는 우리 반 아이들이 만나는 특수학급 선생님과 보건 선생님, 다른 학년이지만 교직원 회의 때 유능하신 모습을 보여주시는 업무부장 선생님까지 관심을 돌리게 되었다. 그 결과 다양한 선생님들과 더 교류하면서 같은 공간에 있지만 나이와 상황이 다른 선생님들과도 소통하고 마음을 함께 나누며 힘을 얻을 수 있었다. 그분들과 친해지며 학교라는 곳에 머물지 않고 지역에 있는 교사 동호회와 모임 등도 알게 되었다. 그중 나의 흥미와 관심사가 같은 선생님들이 있는 모임을 따라가게 되었고, 내가 좋아하는 분야의 전문성을 키우고 성취를 느끼며 학교생활이 힘들거나 지칠 때 활력소를 찾을 수 있었다.

지금은 경력이 점차 쌓여가다 보니 어느 순간 나보다 더 젊은 선생님들이 학교에 많게 되었다. 그래서 이제는 함께 내 마음을 나눌 선생님들을 찾기보다는, 누군가의 마음을 알아주는 선배 교사가 되어야 할 시기가 되었다는 생각이 들었다. 열심히 배우고 노력해서 교사의 자리로 왔지만 처음 맞이하는 상황 속에서 무엇을 물어봐야 할지도 모르는 그 자리에서 어쩌면 내 마음이 어떤지조차 돌볼 상황이 안 되는 저경력 선생님들의 마음을 챙겨주고 싶었다. 타시도 교환으로 우리 지역으로 오는 선생님, 처음 하는 업무로 도움이 필요한 선생님들에게 업무를 도와주고 내 경험으로 지혜를 나눠주며 따뜻한 커피 한잔이나 달콤한 초콜릿을 무심코 건네며 힘을 줄 수 있는 동료 교사 말이다. 그 예전 내가 혼자 하기를 주저할 때 함께해주며 나와 떡볶이를 함께 먹어주었던 친구나 선배 교사들처럼 말이다. 그러면서 나도 저경력 선생님들의 열정과 톡톡 튀는 아이디어 그리고 아이들과 소통하는 문화를 배우고, 다른 지역에서 오신 선생님들의 새로움도 함께 배우는 것이 참 좋았다. 그들 덕분에 고인물처럼 굳어진 삶이 아닌 새로운 것을 계속 배우고 받아들이며 계속 성장하는 교사가 되기 위해 애를 쓸 수 있었다.

올해는 특별히 경기도교육청 연구년 교사로 선발되어 학교에서는 경험할 수 없는 좋은 것들을 할 수 있는 기회를 얻게 되었다. 다양한 지역에서 초등, 중등교사로 속한 선생님들을 만나게 되었고, 그중 9명의 선생님과 공동 연구 분임으로 구성되어 더 밀착되어 일 년을 만나게 되었다. 저마다의 다른 이유로 연구년을 지원한 선생님들이시기에 연구년에 대한 목적이 모두 달랐던 우리는, 한 명 한 명의 이야기를 귀담아들으며 나와 다른 삶의 이야기를 경청했다. 그리고 나 혼자라면 시도해보지 않았을 다양한 세부 활동들을 계획하고 시도해보기로 했다. 리더십 연구에 관심을 두고 있는 선생님 덕분에 이우학교에서 진행하는 리더십 연수에 참여하기도 하고, 교사의 성장과 치유에 관심 있는 선생님 덕분에 자기 사랑 연수와 교사 치유 프로그램에 참여하기도 했다. 나 또한 예전부터 하고 싶었지만 주저했었던 책 출판도 함께하면 할 수 있을 것 같은 생각에 선생님들께 함께 공저를 쓰자고 제안했다. 그때 처음부터 흔쾌히 함께하자고 하신 선생님들의 반응에 힘을 얻어 책 쓰는 것에 대한 노하우와 의미를 쉽게 알려주시는 선생님을 강사로 요청하여 강의를 듣게 되었다. 그리고 그 강사님 덕분에 모두가 용기를 얻어 함께 책을 쓰기로 마음을 모아 지금, 이 글을 쓰는 의미 있는 시간도 갖게 되었다.

교사라는 직업은 수많은 만남과 헤어짐을 반복하는 직업이다. 그 숫자보다 더 중요한 것은 만남과 헤어짐의 의미가 크다는 점이 아닐까 싶다. 나를 만나는 사람에게 큰 영향력을 줄 수도 있고, 내가 만나는 사람 덕분에 나도 큰 영향력을 받으니 말이다. 수많은 만남이 나와 만나는 이를 행복으로 이끌어주기에, 함께 가는 사람들과 마음을 나누는 일에 소홀히 하지 않았으면 좋겠다. 개인의 사생활이 중요하고 개성이 중요하기에 서로를 존중하며 선을 지키는 것은 중요하다. 하지만 진실한 만남을 두려워하지 않았으면 좋겠다. 우리의 새로운 만남 덕분에 누군가는 성장할 것이고, 행복해질 것이고, 또 다른 만남을 두려워하지 않을 용기를 얻을 수 있으니 말이다.

내가 선택할 수 있는 학교 밖 만남

교사가 되어서 만나는 만남은 과연 얼마나 될까? 24살에 첫 발령을 받아 약 30~38년을 교사로 한다고 가정하고 학생을 매년 30명씩 만난다고 생각하면 약 900명에서 1,100명을 만난다. 여기에 학부모님과 동료 교사들까지 생각하면 아마 2,000명은 더 만날 수도 있다. 그런데 이런 만남이 내가 선택할 수 없는 주어지는 만남이라면, 내가 선택해서 만날 수 있는 만남이 있다.

교사가 되어 내가 선택할 수 있는 학교 밖의 만남은 무엇이 있는지 소개하고자 한다.

1. 교사 동아리

교사 오케스트라, 교사 국악 관현악단 등 다양한 음악 분야의 동아리부터 배드민턴, 배구, 댄스 등의 스포츠 교사 모임, 독서와 책 쓰기, IB, 에듀테크 등 전문성 신장의 동아리들이 운영되고 있다. 회원을 모집하는 글을 공문에서 종종 볼 수 있으며 또는 검색 엔진에서 교사 모임, 교사 동아리를 검색하면 운영 카페를 통해 입단 문의를 할 수 있다. 관심 있는 분야로 교사 동아리에 참가하고 싶다면, 주변 선배 교사들에게 물어보자. 내가 근무하는 지역의 좋은 교사 동아리부터 전국단위 동아리, 온라인 동아리 등을 소개받을 수 있을 것이다. 참고로 요즘은 연구회와 연계하여 운영하는 곳이 더 많아져서, 연구회를 찾는 것도 도움이 될 수 있다.

2 지역 연구회/ 도 연구회

도 교육청 규모로 계획하고 운영하고 모집하는 도 연구회와 지역 교육지원청 차원에서 계획하고 운영하는 지역 연구회가 있다. 매년 연구회 선정계획 공문이 오면 연구회 회장이 계획서를 제출하고 최종 선발된 연구회는 예산을 지원받아 운영된다. 이 과정 때문에 보통 2월에서 3월에는 연구회 계획서 제출 공문이 오고, 3월 말부터 4월 정도에 연구회 회원을 모집한다는 공문이 많이 발송된다. 이 시기 공문을 잘 보고 관심 있는 주제의 연구회에 들어가 연구도 하고 나와 관심이 비슷한 교사들도 만나보자. 경기도교육청 지역연구회 홈페이지를 참고로 다른 지역 연구회도 찾아보자.

도 교육연구회 https://more.goe.go.kr/teacher/subList/30300001724

지역연구회 커뮤니티 https://more.goe.go.kr/teacher/subList/30300001728

3. 지원단

　도 교육청과 지역 교육지원청의 정책이 현장 교사들에게 잘 실행되는 것을 지원할 수 있도록 교사, 관리자, 전문직을 대상으로 지원단이 운영된다. 관련 분야의 전문 교사들에게 지원단 요청이 갈 수도 있지만, 공문을 통해 지원단을 공개적으로 모집하는 경우도 있다. 학교 내 경력 교사분들 중에 지원단 활동을 하는 경우도 많이 발견할 수 있을 것이다. 공유학교 홍보지원단, 학생 주도성 정책실행지원단 등의 홍보와 정책 실행 지원단부터 문화예술지원단, 두드림 학교 운영 지원단 등 지역 교육 행사 지원 및 정책 실행을 돕는 지원단이 있다. 혹은 미래 교육 지원단, 교육과정 운영 지원단 등으로 강사 활동 및 장학 자료를 개발하는 등 다양한 지원단 활동이 있다. 가장 먼저 내가 맡은 업무를 지원해주는 선배 교사들의 모습을 관찰해보면 지원단이 어떤 일들을 하는지 감이 잡힐 것이다. 학생들을 가르치고 교육하는 것 외에 교육 정책을 지원하고 공부하며 선생님들을 만나고 싶다면 지원단 활동에 관심을 가져보자.

4. 교사 커뮤니티

초등학교의 경우 전국 선생님들의 커뮤니티들이 많이 있다. 대표적으로 인○스쿨, 참○스쿨이라는 온라인 커뮤니티부터, 샘○브, 지식○터 등 유튜브 채널과 블로그 등 그 수는 다양한 형태로 점점 많아지고 있다. 교사 커뮤니티들은 수업 및 생활지도 자료의 공유뿐만 아니라, 다양한 온·오프라인 연수 모임 등을 통해 나와 관심과 취미가 비슷한 지역의 교사들을 만나고 소통할 수 있도록 도와준다. 또한 일회성 연수뿐만 아니라 정기적으로 모이는 연구 커뮤니티 등 다양한 연수 참여를 통해 열정 있는 교사들을 많이 만날 수 있다.

이 외에도 여행 및 취미를 공유하는 교사 카페들도 많이 있다. 비공개로 운영되거나 교사 인증을 거쳐야 들어갈 수 있는 곳들도 있으므로 주변의 선생님들께 정보를 요청하면, 좋은 곳을 소개해 주실 것이다.

하마터면 이것도 모르고 교사로 살 뻔했다

박세은

기억

지날수록 짙어지는 향기

고장 나지 않은 부메랑,
나의 진심과 열정의 기억은
그대로 나에게 향기로 돌아와
다시 부메랑을 던질 힘이 되어준다.

교사 성장 HIDDEN TIP

신규 교사 환영 선물

1

부메랑이 되어 돌아온 편지

스승의 날이 되면 작년 우리 반 아이들은 쉬는 시간 종이 치자마자 달려 와 교실 문 앞에서 기다린다. 손에는 현재 담임 선생님께서 출력해 주신 똑같은 편지지 양식에 쓴 스승의 날 편지를 들고 서 있다. 편지를 받고 좋 아하는 선생님의 얼굴을 한 번 보고자 기대하는 표정으로 바라보며 편지 를 내민다. 나는 그 아이들의 눈을 보며 기대에 응답하고자 깜짝 놀라는 약간의 과장된 표정과 함께 "어머, 너무 고마워.", "감동이야. 선생님 너무 행복하다." 등의 아이들이 원하는 답을 해주곤 한다. 책상 위에 편지들이 쌓이면서 그렇게 스승의 날은 북적북적 성수기를 맞이한다. 비슷한 듯 조 금씩 다른 편지를 읽다 보면 신규일 때나 경력이 20년이 넘은 지금이나 괜 히 눈시울이 붉어지기도 한다. 가끔 웃긴 이야기나 맞춤법이 엉망인 부분 을 보면서 웃기도 한다. 그렇게 나의 스승의 날임을 각인시켜 주는 한바탕 의 편지 읽기가 끝나면 편지를 모은 뭉치를 책상 서랍 깊은 곳에 넣어 둔 다. 그러면 학년 말에 짐 정리를 할 때 발견하여 고민하고 고민하다가 차마 버리지 못하고 집으로 들고 와 다시 전년도 편지들과 함께 쌓아둔다.

학교생활을 하다 보면 수많은 일들을 겪게 되는데 그 일들을 견디고 극복하는 힘이 있어야 학교 가는 길이 힘들지 않다. 나는 자타 공인 꽤 긍정적이고 밝고 자존감이 높은 사람이다. 이런 나에게 작년에 매우 불안하고 모든 것을 포기하고 싶은 시기가 찾아왔다. 나의 생각과 다른 이들을 만나는 것은 당연한 것이겠지만, 그러한 것들이 내가 꽤 중요하게 생각하는 부분과 부딪혔을 때 그 갈등을 감당하기가 어려웠다. 뜻하지 않은 방향으로 일은 계속 흘러가고 '이건 아닌데.'라는 생각만 할 뿐이었다. 아무것도 할 수 없는 나 자신을 매일 만나면서 무기력의 늪에 빠지기 시작했다. 그 무기력마저 '이러면 안 되는데……'라는 생각을 다시 반복하게 할 뿐 예전처럼 힘을 낼 에너지가 없을 때였다. 난 이미 매우 못난 사람이 돼 가고 있었다.

모든 일이 일어나는 데는 다 이유가 있다고 했던가! 무엇인지는 기억이 나지 않으나 가족 중 누군가가 찾아달라는 물건을 찾기 위해 열심히 서랍장을 뒤지고 있었다. 그런데 거기에서 매년 짐 정리를 마치고 쌓아두었던 제자들의 스승의 날 편지 뭉치가 눈에 들어왔다. 서랍장을 뒤지던 목적도 잊은 채 그 자리에서 편지들을 열어보기 시작하였다. '아! 우리 일훈이…….', '아! 우리 쌍둥이였던 요 녀석들…….' 나를 떠올리며 편지를 썼을 아이들을 지금 내가 그들을 떠올리며 편지를 읽고 있었다. 처음 편지를 받고 읽었을 어느 스승의 날처럼 눈시울이 붉어지고 미소도 지었다. 혼자 방 한구석에서 세상의 모든 감정을 흠뻑 느끼며 열었던 편지들이다.

지은이의 편지가 나왔다. 매우 당차고 똑똑하고 학급 회의도 척척 능숙하게 해낸 회장님이었던 지은이의 얼굴을 떠올리면서 편지를 읽었다. 편지의 마지막에는

"저의 자유를 내세우기보다는 남의 자유를 존중하고 배려할게요."라는 글과 함께 이 이야기를 하면서 내가 칠판에 그렸던 동그리미 모형을 그대로 똑같이 그린 그림이 있었다.

내가 했던 말을 기억하고 그것을 새기고 있었다는 것이 너무 기특하면서 고마웠다. 아무도 모르는 이 엄청난 감동을 혼자 느끼며 이때부터 휴지로 눈물을 닦기 시작했다.

민준이의 편지가 나왔다. 미국에서 학교를 다니다 와서 처음에 친구들과 적응하는 것에 조금 힘들어 했었는데 다행히 즐겁게 4학년을 마치던 때가 생각났다. 그리고 5학년이 되어서 다시 미국 학교로 간다고 하면서 일부러 몇 번을 우리 교실에 찾아와 인사를 했던 민준이의 편지였다.

민준이 편지의 마지막에는

"마지막으로, 선생님의 명언, '인생은 부메랑이야.'를 기억하겠습니다. 선생님 감사합니다."라고 쓰여 있었다.

부메랑 이야기는 학급에 친구들과 다툼이나 갈등이 있을 때 매년 아이들에게 해주던 이야기이다. 내가 안 좋은 부메랑을 친구에게 던지면 돌아

서 나에게 오고 좋은 말과 선한 영향력의 부메랑을 던지면 돌아서 그것이 나에게로 온다는 이야기이다. '권선징악' '인과응보'와 같은 아주 고전적인 이야기이지만 아이들에게는 한 번쯤 던지고 놀아봤을 법한 부메랑 이야기로 해주면 매우 집중해서 들었었다. 민준이도 내가 스치듯 했던 이야기를 기억하고 이렇게 마음에 새기고 있었다는 것이 정말 고마웠다.

지은이와 민준이 편지에 이어서 다른 편지들도 이어졌다. 소윤이 어머니께서는 '겸손한 영웅'으로 선생님 이야기를 써서 잡지에 아이 글이 실렸다고 일부러 그 부분을 찍어서 보내주셨는데 그때의 소윤이 어머니의 음성이 생생하게 들리는 듯한 사진도 다시 보게 되었다.

1년 만에 출퇴근이 멀어 신설학교를 지원하여 떠나던 나에게 그 학교에서 딱 1년을 함께 보낸 동학년 선생님들의 편지 뭉치에는 "부장님의 좋은 영향력이 다른 동학년 선생님들도 좋은 방향으로 변화시키는 것이 참 좋아 보였습니다."라고 쓰여 있었고, "선생님은 우리 교육계의 보배입니다."라고 써 주신 지도 교수님의 메모 글도 차례대로 나왔다.

한바탕 칭찬샤워를 받은 듯한 기분으로 눈물 콧물을 다 쏟고 나니 가슴 깊은 곳에서 뭔가 솟아오르는 느낌이 들었다.

내가 뭔가 크게 잘못하고 있다는 생각의 답답함과 우울함으로부터 시원하게 끌어올려 주는 에너지를 받았다. 돈도 아니고 엄청난 편안함을 주는 것도 아니지만 나를 믿고 나의 이야기에 귀 기울여 주는 아이들과 동료 교사들이 분명하게 있음을 이 매년 쌓아두었던 편지들이 증명해주고 있었다.

핸드폰으로 이 편지들을 찍어 두었다. 그리고 학교에 예전처럼 활기차게 출근했다. 이 편지의 힘을 받은 일이 4월 중순쯤이었다. 5월 스승의 날 난 또 매년 그러하듯이 전년도 아이들이 쉬는 시간에 복도에서 손에 편지를 들고 서 있는 모습을 볼 수 있었다. 감동을 자아내는 표정과 '솔'톤의 큰 목소리로 "어머! 선생님한테 편지도 써왔어? 정말 고마워!"라고 힘껏 외쳤다.
그리고 올해는 무슨 내용일까 궁금해하며 편지들을 받았다.

이 편지에 담길 내용이 감동적일 수 있도록 또 한 해 아이들과 진심과 열정을 다해 생활해야겠다고 다짐했다. 고장 나지 않은 부메랑, 나의 진심과 열정이 그대로 편지가 되어 나에게 돌아와 다시 부메랑을 던질 힘이 되어줌을 이제 더 잘 알게 되었다.

2

두 개의 머리핀을 따라 예비 교사의 추억 속으로

오십을 코앞에 둔 나이가 될 때까지 수 번의 이사에도 불구하고 여전히 화장대 서랍 속에 자리를 차지하고 있는 머리핀 두 개가 있다. 그 서랍 속에는 요즘에는 거의 무용지물이고 기껏해야 패션 소품으로 쓰일까 말까 하는 시계들과 여기저기 기웃거리며 쇼핑을 하다가 '날 좀 데려가요.'라고 텔레파시를 보내면 그때그때 사서 데려온 머리끈들이 나름의 질서를 가지고 공간을 차지하고 있다. 그 사이에 터줏대감처럼 오랜 시간을 간직하며 조용히 놓여 있는 머리핀 두 개가 보인다.

더 오랜 역사를 가진 곰돌이 머리핀의 이야기부터 하려고 한다. 키는 5cm, 어깨너비 3.5cm 정도 되는 곰돌이 모양에 머리끝에서 발끝까지 온몸이 반짝이는 큐빅으로 뒤덮여 있는 핀이다. 곰이 배를 내밀고 있는 듯 곡선을 가지고 약간 비스듬히 핀 대와 붙어 있는 곰돌이 머리핀이다. 기본 틀을 가진 플라스틱판은 오랜 시간이 지나면서 색이 바래 누가 봐도 꽤 나이가 있어 보인다. 이 곰돌이 머리핀은 지금으로부터 딱 30년 전 고등학교 2학년 때 단짝 친구였던 윤아로부터 받은 생일 선물이다. 칙칙한 무채색의 교복을 입고 공부에 찌들어 있던 시절에 선물 포장지를 뚫고 나온 이 곰돌이 머리핀은 너무나 반짝이고 화려하면서도 귀여움을 뽐내고 있는 신선함의 그 자체였다. 머리핀은 화려하나 그때의 생활이 화려함과는 거리가 멀었기에 그날의 곰돌이 머리핀은 그대로 책상 서랍으로 들어갔다. 그 이후에도 화장대 서랍들을 옮겨 다니다가 지금의 이곳까지 나를 따라오게 되었다. 이제는 귀엽고 반짝이는 곰돌이 머리핀을 하기에는 약간 주책이 될까 봐 예전처럼 서랍 속에 그냥 계속 있어야 하는 운명이 돼버렸다.

이런 곰돌이 머리핀의 운명에 드디어 나의 머리에 꽂혀서 세상 밖으로 나오게 되는 일이 있었다. 8년 전부터 나의 건강을 위하여 대학병원의 가정의학과에 정기적으로 다니고 있다. 큰 병이 있어서라기보다 예방적 건강관리라고 하면 좋을 것 같다. 체중 관리 및 여러 가지 호르몬 균형 관리 등 전반적인 건강을 관리해 주는 주치의 선생님이 계신다. 바로 곰돌이 머리핀을 선물했던 윤아이다. 물론 표면적으로는 건강을 위한 진료이지만 덕분에 정기적으로 우린 잠깐의 친목을 다지는 기회로 삼고 있다. 매번 진료실에서 기다리는 다음 환자를 의식하며 그간의 이야기를 핵심만 뽑아 후다닥 수다를 떨고 나온다. 그러던 중 짧은 시간으로는 수다의 욕구를 충족하기 어려워져 몇 달 전에 둘이서 저녁 약속을 하였다. 물론 고등학교

친구들 모임을 하면 다른 친구들과 함께 어울려 만나기도 하지만, 그 짧은 진료시간에 매번 쫓기듯 수다를 떨던 아쉬움을 풀어보고 싶었다.

바로 그날이었다. 용기 내어 이 곰돌이 머리핀을 꼭 하고 가리라 결심했다. 약속 시간이 다 되어 갈 때쯤 무슨 숨겨졌던 보물을 보물 상자에서 꺼내듯 비장한 마음으로 곰돌이 머리핀을 조심히 꺼내 들었다. 머리에 이렇게 했다가 저렇게 했다가 최적의 스타일을 만들었다. 30년을 서랍 속에만 있던 곰돌이가 드디어 타고난 운명의 본질을 수행하는 순간이었다. 보물 상자에 묻혀 있던 보물인지라 수많은 큐빅 중에 한 개도 이탈한 것이 없이 모두 처음 붙어 있는 자리를 잘 메꾸고 반짝거리고 있었다.

윤아를 만나고 저녁을 먹던 중 갑자기 머리를 돌려 윤아 눈앞에 갖다 댔다. 전혀 눈치를 못 채는 것 같아 먼저 살며시 물었다.

"너 이거 기억나? 네가 고등학교 때 내 생일 선물로 줬던 머리핀이야."

"뭐? 이게 그때 그 머리핀이라고?"

깜짝 놀라서 당황한 친구를 보니 엄청난 이벤트를 한 느낌이 들었다. 윤아는 자신으로부터 시작된 이 진귀한 광경을 남기고 싶었는지 곰돌이 머리핀을 꽂고 있는 나를 이리 찍고 저리 찍고 사진을 찍기 시작했다. 우리의 여고생 그 시절부터 오십을 코앞에 두고 건강을 챙겨주고 아이 교육을 상담해 주고 있는 이 순간까지 그 세월을 이 곰돌이 머리핀이 고스란히 머금고 있었다. 그리하여 곰돌이 머리핀은 우리의 문화재로 존재하게 되었다.

두 번째 역사를 가진 머리핀은 한 쌍으로 된 나비 무늬 머리핀이다. 오르락내리락 파도처럼 붙어 있는 검은 색의 작은 꽃들 가운데 진분홍, 노랑, 연두, 파랑의 큐빅이 박혀 있다. 그리고 그 위에 진분홍, 노랑, 연두색의 나비가 크기가 점점 커지면서 꽃 위에 앉아 있는 모양으로 되어 있는 머리핀이다.

이 머리핀은 곰돌이 머리핀보다는 짧지만, 머리핀들의 평균 수명보다는 긴 약 20년의 역사를 가지고 있다. 이 나비 핀의 역사를 이야기하기 위해 더 오래전으로 거슬러 간다. 대학교 1학년 때 어느 날 내 뒤 번호 친구가 갑자기 자기와 함께 2:2 미팅을 한 번 나가자고 하는 것이다. 평소 나와는 대학 생활을 누리는 방식이 매우 달라서 같은 과 친구 정도의 거리를 가진 친구였다. 차마 바로 싫다고 할 수는 없고 거절할 핑곗거리가 생기지 않으려나 하는 생각으로 어떤 애들이냐고 물었다. 그런데 카이스트 다니는 친구들이란다.

'오케이! 거절은 무슨!'

나와 비슷한 나이대의 사람들은 기억하리라 확신하는 드라마가 있다. 바로 〈카이스트〉라는 드라마이다. 스타들도 많이 배출되었던 그 드라마. 그 드라마를 본 사람으로서 교대의 삶과는 많이 다른 삶을 살 것 같은 남자들과 미팅을 한다는 것은 매우 흥미로운 일이 아닐 수 없었다.

연예인을 볼 것 같은 떨리는 마음으로 만났다. 물론 드라마 속 주인공처럼 보이지는 않았다. 같은 나이 친구로서 서로 다른 세계에 사는 이야기는 매우 흥미로웠고 만나면 즐거웠다. 몇 번의 우정을 쌓아가던 중 갑자기 그 친구가 연락도 되지 않고 사라졌다. 한창 세상이 즐거울 나이이니 친구 한 명 연락이 끊어졌다고 크게 상처받지 않았다. 그래도 대학을 졸업할 때까지 '왜 그랬을까?'라는 궁금증은 항상 있었다.

그러던 중 20대 후반쯤 '싸이월드'가 다시 잠적한 그 친구를 찾아줬다. 사라졌던 이유도 들을 수 있었다. 하지만 나비 머리핀이 주인공이니 그 이유를 쓰는 것은 생략한다. 전보다 훨씬 밝아지고 부드러워진 친구가 어느 날 백화점에서 한참을 골랐다고 엄청나게 툴툴대며 작은 쇼핑백 하나를 쑥 내미는 것이었다. 특별한 날도 아니었던 것 같은데 불쑥 내밀어서 별 기대도 하지 않고 열었다. 그런데 이 나비 머리핀 한 쌍이 들어 있는 것이 아닌가! 역사가 더 오래된 온몸이 반짝이는 곰돌이 머리핀도 있지만, 이 나비 핀은 나에게 지금까지 전무후무한 가장 예쁜 머리핀이다. 큰 웨이브 파마한 나의 긴 머리에 양쪽으로 반 묶음 하듯 살짝 잡아 꽂으면 자신도 매우 만족스러웠다. 특별한 모임이 있거나 새 옷을 사서 뭔가 치장을 하고 싶을 때 이 나비 핀을 했었다.

여전히 이 나비 핀을 볼 때마다 예쁘게 머리에 꽂고 싶은 생각이 간절하지만, 이제는 그럴 수 없다. 딱 맞게 예쁘게 잡히던 머리가 이제는 이 핀을 꽂으면 흘러내릴 정도의 머리숱으로 줄어든 것이다. 20년이 지나면서 나비 머리핀은 변함없이 그 예쁨을 유지하고 있으나 나의 머리카락은 세월과 함께 어디론가 많이 사라져 버린 모양이다. 곰돌이 머리핀처럼 역사의 시작을 만들어 준 사람에게 머리에 예쁘게 꽂아 깜짝 놀랄 이벤트를 해주고 싶지만, 그 역사의 인물도 만날 수 없고 머리핀도 흘러내려서 머리에 꽂을 수 없는 이 나비 핀은 지금처럼 보물 상자에 잘 간직해 둘 수밖에 없다.

작은 머리핀들이지만 한참의 시간이 지났어도 나를 그때로 다시 데려가 그 속에 담긴 수많은 이야기를 들려주고 있었다.

3

학교 가는 길, 작은 꽃이 보이다

봄이 되면 전국 곳곳에서 시기별로 꽃 축제가 열린다. 사람들은 만개한 꽃을 보기 위해 기꺼이 주차 전쟁과 북적대는 불편함도 흔쾌히 받아들인다. 그곳엔 꽃놀이의 대장인 벚꽃부터 고운 색으로는 절대 뒤지지 않은 철쭉까지 봄날의 사진 속에 항상 등장하는 멋진 꽃들이 있다. 이 꽃들을 보면 절로 미소가 지어지고 갑자기 착한 사람이 된 것 같은 기분이 들기도 한다. 이런 기분 좋은 꽃들은 예전부터 생일, 입학식, 졸업식, 결혼식 등 특별한 행사에 빠지지 않은 선물이 되어 왔다.

그런데 요즘 생각해 보니 내가 꽃을 선물 받은 지가 언제쯤일까 떠올려 보는데 잘 생각이 나지 않았다. 또 나는 누군가에게 꽃을 선물해 본 지가 언제인지 잘 떠오르지 않았다. 형식적인 행사를 위해 꽃이 필요하여 사본 지는 근래에도 있었지만 내가 누군가에게 꽃을 주고 싶어서 선물한 기억은 딱히 떠오르지 않는다. 꽃집에서 예쁘게 포장하여 파는 꽃의 가격이 몹

시 비싼 것도 이유가 될 수도 있을 것이다. 2-3만 원으로는 풍성한 꽃다발을 기대하기는 어렵다. 그러니 거금을 들여 선물하려면 차라리 다른 것을 선물해야겠다고 생각하게 된다.

꽃을 선물하지도 받지도 못하는 멋없는 삶이 바로 여기에 있는 것이다. 들판을 걷다가 아름답게 핀 꽃을 가득 꺾어 한 다발을 선물하는 낭만은 곧 자연을 함부로 훼손하는 아주 이기적이고 파렴치한 인간의 모습이 되기 때문에 더욱 현실과는 동떨어진 상상이다. 급기야 꽃에 대한 로망을 포기할 수 없어서 스스로 남편에게 꽃다발을 받고 싶다고 대놓고 이야기를 해보아도 돌아오는 것은 차라리 그 돈으로 소고기를 사 먹자는 답이다. 하지만 주변에 만개한 꽃을 보고 감탄하고 좋아하는 것이 순수한 꽃에 대한 감동임을 몰라서는 아닐 것이다. 주변의 누구도 꽃을 선물할 생각을 하지 않은 듯하여 이제는 꽃을 소유할 수 있는 것이 아님을 깨달았다.

가끔 성남에 있는 이우학교에 친한 선생님이 계셔서 여러 가지 의논할 일이 있으면 이우학교에 찾아가곤 한다. 4월의 어느 날도 그 전과 같이 이우학교 입구에 차를 주차하고 진입로를 따라 올라가고 있었다. 친구 선생님은 차로 건물이 있는 위까지 올라오라고 하셨지만, 산을 따라 올라가는 그 길이 너무 좋아 일부러 입구에 차를 세웠다. 짐도 있고 낮 기온이 상당히 올라간 날이라 덥기도 했지만, 그냥 걸어가고 싶었다. 우리 학교도 담장을 따라 노란 개나리도 피고 5월이면 예쁜 장미꽃도 핀다. 그래도 산의 흙 속에서 자연 그 자체로 피는 꽃과 도심 속 아스팔트 옆으로 만들어 놓은 화단에 조경수로 심어 놓아 피는 꽃의 느낌은 달랐다.

　몇 걸음을 오르다가 발견한 노란 작은 풀꽃을 보고 잠시 멈춰 서서 미소를 지었다. 또 몇 걸음을 가다가 인도와 산의 흙, 그 경계에서 핀 노란 민들레를 보고 다시 멈춰 섰다. 이번에는 아예 쪼그리고 앉아서 핸드폰으로 사진을 찍었다. 갖고 싶었다. 그래서 사진을 찍었다. 주는 이가 분명하지는 않지만, 자연이 또는 신이 주는 선물이라 생각했다. 꽃다발도 아니고 여러 가지 색의 화려한 꽃들도 아니지만 내가 받고 싶었던 꽃 선물이었다. 몇 걸음 걷다 보니 또 다른 모습으로 인사를 하는 민들레가 보였다. 또다시 앉아서 이리 보고 저리 보며 사진으로 담았다. 이제는 민들레뿐만 아니라 처음 인사했던 아주 작은 노란 풀꽃들이 흩뿌려지듯 줄도 맞지 않고 분포율도 제멋대로 꽃밭을 이루고 있었다. 단체로 반겨주는 느낌이 들었다. 허리를 펴고 일어나서 또 몇 걸음을 걸으려니 이제는 인도에 심어진 큰 나무들 화단에서 우리도 같이 살자고 아우성치는 보라색 풀꽃들이 보였다. 자신의 존재를 확인이라도 시켜주고 싶은 듯 큰 나무 밑을 질서 없이 북적대며 피어 있는 것이다. 누가 보면 큰 가로수에 절이라도 하는 것처럼 또 쪼그리고 앉아서 보라색 풀꽃들을 미소를 지어 보이며 사진의 선물상자에 담았다.

입구에서부터 이렇게 쪼그리고 앉았다 일어났다를 몇 번이고 반복하며 올라오고 있었다. 조퇴하는 것 같은 학생이 내려가면서 '이런 사람 많이 봤어요.'라는 표정으로 누군지도 모르는 이상한 이방인에게 공손하게 "안녕하세요?" 하고 인사까지 하고 지나간다. 생각해 보니 이 학교는 교문이라 할 만한 경계도 없어서 지나가는 행인에게 인사하는 것 같은 모양새가 되었다. 지금껏 미소와 눈으로 인사를 나눴던 이 풀꽃들을 대신하여 그 학생이 인간의 목소리로 인사를 해준 것이 아니었을까?

주차하고 한참 만에 드디어 학교 건물에 도착하여 친구 선생님을 만났다. 올라오면서 꽃을 본 것과 인사하는 학생을 만난 이야기를 했는데 이곳에서는 일상의 일이라며 뭔가 색다른 기쁨에 차 있는 나의 흥분을 바로 가라앉혀 주었다.

'이것이 선물에 중독된 자들의 여유인가!'

부러웠다.

오늘 이 학교를 방문한 목적을 모두 마치고 집으로 돌아가기 위해 학교 건물을 나왔다. 설레었다. 학교 퇴근길이 탈출하는 기분으로 기뻤던 적은 많았지만, 퇴근길 자체가 설레었던 적은 없었다. 그런데 이 언덕을 내려가면서 올라오는 동안 인사를 나누지 못했던 풀꽃들을 만날 것 같아 기대와 떨림이 생겼다. 수백 미터를 수놓던 꽃길도 가보고, 예쁘다는 꽃들로만 더욱 예쁘게 포장한 꽃다발과 꽃바구니도 많이 봤었다. 그런데도 이 작은 꽃들이 뭐길래 이리도 설레게 하는 것인지 이상한 일이었다.

따뜻한 봄바람도 맞으면서 가벼운 발걸음으로 내려가는데 이번에는 보라색 풀꽃들이 더 많이 모여서 나를 부르는 것이다. 올라올 때 이 보라색 풀꽃들이 이렇게 많이 있었던가를 생각하며 여전히 질서 없이 모여 있는 보라색 풀꽃들과 미소로 인사를 나눴다. 올라오면서 노란색 풀꽃들만 너무 많이 선물 받은 것 같은 생각이 들어 내려가면서는 보라색 풀꽃들을 선물상자에 가득 담았다. 그래도 질투하지 않고 노란색 풀꽃들이 오른쪽 산속에서 단체로 손을 흔들며 잘 가라고 인사를 해준다. 중간중간에 더욱 뚜렷한 존재감으로 민들레 꽃이 그래도 내가 메인 선물이 되어주겠다고 큰소리로 인사한다.

팬 미팅이라도 열었던 것처럼 언덕을 다 내려왔을 때는 꽃 선물을 한 보따리를 안고 있었다. 이제는 보인다. 예전에는 보지 못했던 이 작은 꽃들이. 굳이 꽃을 선물해 달라고 조르지 않아도, 꽃다발을 언제 받았는지 헤아리며 서운해하지 않아도 언제든지 마음을 열고 눈을 뜨고 바라보면 자연 속에서 항상 어느 선물보다 더 기쁨을 주는 풀꽃 선물이 있다는 것을 알았다.

집에 돌아와 잠깐 고민을 했다. 오늘 나의 선물상자에 담긴 이 꽃 중에 유일하게 민들레만 통성명했을 뿐 다른 노란색 풀꽃과 보라색 풀꽃을 이름도 모르고 선물을 받아서 미안한 마음이 들었다. 그래서 이름을 찾아보려다가 문득 그냥 이름을 꼭 알아야 할까 생각이 들었다. 그래서 지금까지 찾아보지 않았다. 살다 보면 풀꽃 이름들도 알게 되겠지만 그때 옛 친구를 다시 만난 것처럼 반갑게 만나기로 했다.

4

동료 교사들이 여행을 추억하는 방법

해외여행이 예전보다 훨씬 흔한 이벤트가 되었지만, 아직도 비행기 타고 낯선 곳을 다녀올 때 기념품의 선물을 고민하지 않을 수 없다. 20대 여행 초보 시절에는 여행사 패키지여행을 가면 항상 가이드가 안내하는 기념품 가게를 가서 팔랑귀의 효과를 보며 부모님의 영양제부터 좋다고 하는 온갖 잡다한 것들을 사 들고 오기도 했었다. 물론 한국에 돌아오는 순간 잠시의 후회와 함께 어디론가 처박히거나 얼마 지나지 않아 버려지는 운명도 흔한 일이었다.

여행의 경력이 쌓일수록 여행 선물의 세련미도 업그레이드되는 듯하다. 될 수 있으면 그 지역에서만 살 수 있는 독특한 기념품이나 가격의 혜택을 톡톡히 봐서 한국에 가서도 뿌듯할 만한 그러한 것들을 잘도 고르게 되었다.

하지만 예전이나 지금이나 여행 선물의 변하지 않은 것이 있다. 바로 누구에게 무엇을 선물할 것인지의 고민이다. 이 여행 선물을 고를 때야말로 평소 내 주변의 소중한 존재를 성찰할 수 있는 시간이다. 무게와 공간이 한정된 여행 가방에 들어갈 수 있는 영광을 차지할 선물은 심사숙고해야 하는 과정이 따르기 마련이다. 누구보다 우선하여 가방을 차지하는 선물이 있는가 하면 고민하고 고민하다가 결국 가방 밖으로 밀려나는 누군가의 선물도 있으니까 말이다.

가장 최근에 다녀온 여행은 겨울 방학을 이용하여 다녀온 영국, 프랑스 여행이었다. 10여 년 전부터 같은 학교에 근무하면서 인연이 되어 국내외 여행과 문화예술 공연을 함께 경험하기도 하고, 서로의 가족 이야기 및 학교생활을 속속들이 공유하는 동료 교사들이 있다. 한두 살 차이의 비슷한 나이를 가진 이 모임인 '이태리 네 자매'와 함께했던 여행이었다. 매우 아줌마다운 모임명이지만 우리에겐 고유명사처럼 되어 바꾸기에는 이미 늦었다.

우리 여행은 런던–에든버러–파리로 이어지는 여행이었다. 여행 초반의 지역에서는 짐의 부담감이 커서 여행 선물은 대부분 생략되는 경향이 있다. 이번 여행에서도 런던에서는 순수하게 런던을 기념하기 위한 마그넷 정도만을 사기로 했다. 하지만 마그넷을 고르는 데도 각자의 감성이 드러났다. 빅벤이 크고 뚜렷하게 드러난 마그넷을 고르는 사람, 작고 얇지만, 영국 기념품임을 살포시 알 수 있는 귀여운 크기의 근위병을 고르는 사람, 그냥 영국에 왔음을 인증할 수 있으면 됐으니 아무거나 고르는 사람 등 작은 마그넷 하나를 고를 때도 각자의 이야기가 생겼다. 영국에 왔으니 〈레미제라블〉 오리지널 뮤지컬을 꼭 보고 싶다고 여행 계획 시부터 설렘을 가득 안고 손꼽아 기다리던 경원이는 〈레미제라블〉의 감동을 함께 본 우리와 나누고 싶다며 줄을 서서 〈레미제라블〉 마그넷 4개를 사서 나눠줬다. 이 마그넷은 8개월 전부터 런던에서 보는 오리지널 〈레미제라블〉을 고대해온 경원이의 그 마음을 잘 알기에 벅찬 감동을 담은 선물이라 정성스럽게 포장을 싸서 가방 깊숙이 잘 넣었다.

다음 여행지는 에든버러였다. 스코틀랜드에 있는 에든버러에서는 캐시미어가 유명하다. 에든버러 성 앞에는 캐시미어 제품을 파는 커다란 가게를 쉽게 찾을 수 있었다. 나는 여행 전부터 부모님을 위한 캐시미어 목도리를 인터넷 검색을 통해 정보를 읽으며 꼭 에든버러에서는 캐시미어 목도리를 사리라 마음먹고 있었다. 스코틀랜드산 캐시미어도 종류나 함유율에 따라 가격이 다르고, 스코틀랜드산은 아니지만, 캐시미어인 제품과 울 소재의 제품 등 다양한 그룹별로 판매하고 있었다. 언젠가부터 부모님께 하는 최고의 선물은 현금이 되어버려서 부모님이 무엇을 좋아하시는지 곰곰이 생각해 본 지가 오래된 것 같다. 현금이 좋다고는 하지만 선물의 본질을 생각한다면 조금 아쉬운 면이 있다. 누군가에게 선물하려면 그 사람을 한참 떠올려야 하고 평소 그 사람이 했던 말이나 취향 등을 자세히 관찰하고 기억해야 한다. 그래서 선물을 준다는 것은 상대에 관한 관심과 애정이 없고서는 힘들다. 그것을 서로 알기에 선물을 받은 사람은 그 선물이라는 사물 자체가 아니라 거기에 담긴 상대의 마음이 고맙기에 어떤 선물인가를 떠나서 항상 선물을 받으면 기분이 좋고 고맙다고 말하게 된다.

이번에는 선물의 의미를 살려 엄마가 평소 어떤 색을 좋아하셨지?, 아빠는 어떤 무늬를 좋아하실까? 고민을 한참 하게 되었다. 그리고 여행자의 빠듯한 주머니 사정에도 불구하고 부모님이기에 제일 좋은 제품으로 사드리고 싶었다.

한참 부모님 목도리를 고르고 있는데 옆에서는 경원이가 목도리를 고르며 고민하고 있었다. 경원이 아들이 이번에 일본의 유명한 대학에 합격했다. 그래서 요즘 기분이 좋아 보였다. 덩달아 이 이모들도 엄마 못지않게 여기저기 조카 자랑을 하고 다녔다. 그 멋진 아들이 고1 때부터 사귄 여자친구가 있는데 이번에 여자친구도 같이 일본 대학에 합격했단다. 그래서 그 아들 커플의 목도리를 고르고 있는 것이었다. 돈 없다고 자기 선물은 사지도 않더니 아들과 그 여자친구의 선물까지 신이 나서 고르고 있다. 아들에게 전화해서 목도리 선물이 어떤지, 여자친구가 어떤 색을 좋아하는지 물어보는 참으로 멋진 엄마다. 공부하느라 고생한 아들과 또 서로 힘이 되어주며 예쁘게 만나온 여자친구가 대견하고 고마웠던 모양이다.

목도리를 지나 저 안쪽에서는 지연이가 딸의 선물을 찾아 고민하고 있었다. 평소 우리 모임에도 가끔 함께하여 우리가 제5의 구성원으로 임명했던 초등학교 4학년의 딸이다. '이태리 네 자매'의 아이 중에 제일 막내다. 귀여운 막내인 만큼 나도 귀여운 물건들에 자꾸 눈이 갔다. 찾았다. 커다란 동물 인형이 달린 긴 수면 양말이었다. 지연이랑 둘이 우리의 막내가 이 양말을 신었을 때의 모습을 떠올리며 낄낄거리고 웃으면서 한참을 서서 이야기했다. 친구들과 신나게 나선 여행길이지만 다들 가족을 떠올리며 선물을 고르고 있는 것이었다.

에펠탑이 있는 파리에 와서는 진희 언니의 선물 목록이 기다리고 있었다. 언니는 동학년 선생님들에게 에펠탑 칫솔을 사 오겠다고 약속을 했다고 했다. 루브르박물관을 나오면서 기념품 가게에 들어갔다. 박물관의 작품을 본떠 만든 물건들도 많았지만, 진희 언니는 동학년 선생님들과의 약속을 지키기 위해 에펠탑 칫솔로 바로 찾아갔다. 언니는 우리 중에 가장 작은 가방을 가지고 와서 겨울철 두꺼운 옷을 꾹꾹 눌러 담아왔었다. 그런데도 동학년 후배 선생님들에게 이 선물을 주고 싶은 마음에 10개가 훨씬 넘게 바구니에 담고 있다. 에펠탑 칫솔을 발견하고 기뻐하던 진희 언니의 모습이 아직도 선하다.

파리에 와서는 또 특별한 선물 가게를 찾아 나섰다. 100년의 전통도 흔한 유럽에서 향수로 오래전부터 유명한 곳이 있다. 하지만 우리는 그곳에서 향수가 아닌 빗을 사기로 했다. 그 가게만의 시그니처인 빗에 이름을 각인시켜 주는 서비스가 있는 것이다. 파리에 왔을 때만 가능한 선물이다. 여기에선 나를 위한 선물을 하기로 했다. 매일 빗는 나의 머리를 위해 내 마음에 드는 빗을 골랐다. 그리고 빗의 위에 영어로 나의 이름을 새겨달라고 했다. 여러 가지 향수의 향을 감상하고 있으니 곧 이름이 각인되었다고 확인해 보라고 한다. 오묘한 빛깔의 아세테이트 빗 위에 나의 이름이 새겨져 있다. 이 세상에 단 하나의 나의 빗인 것이다. 가게의 인테리어나 점원의 의상도 중세 유럽 분위기인 곳에서 아주 오래전 사람들도 사용했을 법한 빗에 나의 이름이 새겨져 나온 것이 너무 신기하고 기분이 좋아졌다. 나 스스로가 나를 인정하고 소중하게 생각해주는 느낌이었다.

선물을 주는 사람에게 항상 대상이 있게 마련이다. 선물은 그 대상에 대한 나의 마음을 전달하는 매개체인 것이다. 부모, 자녀, 연인 또는 배우자, 친구 그리고 자기 자신까지 자기를 둘러싸고 있는 대상에 대한 가장 기분 좋은 표현 방법일 수 있다. 선물을 고르는 순간은 오롯이 그 대상을 떠올리고 생각하며 인연을 더 돈독하게 한다. 내가 선물을 할 수 있다는 것은 그러한 대상이 존재한다는 참 감사한 일이다.

신규 교사 환영 선물

누구나 새로운 환경에 첫걸음을 내딛는 것은 설렘도 있지만 나만 빼고 다들 친한 사람들 속에 이방인처럼 끼어 있는 듯한 두려움과 불편함이 따라온다. 그것이 한 번의 불편함으로 끝나는 것이 아닌 앞으로 지속할 내 삶의 일부라고 생각했을 때는 그 무게가 더욱 심하다. 심지어 내가 무엇을 해야 할지 어떻게 해야 할지를 모르는 상황도 함께 닥친다면 웬만한 각오 없이는 극복하기 어려울 것이다.

교사라면 누구나 경험했을 이런 신규 교사의 시간을 떠올리며 우리 후배 교사들에게는 좀 더 즐겁고 편안한 신규 교사의 추억을 만들어 주고 싶은 생각에 신규 교사 환영 선물을 소개하고자 한다.

1. 선배 교사가 후배 교사에게 주는 사랑의 책

- 신규 교사는 모르게 아주 비밀스럽게 교장 선생님부터 2년 차 저경력 선생님 또는 가능하다면 행정실 선생님까지 학교 전 교직원이 우리 신규 교사를 위해 학교생활을 잘할 수 있는 노하우를 A4 절반 크기의 색지에 편지글로 쓴다.
- 가장 사랑이 넘치는 선배 교사가 이를 모아서 표지를 만들고 예쁘게 책으로 묶는다.
  * 학교 규모에 따라 책의 두께가 달라지겠지만 약간의 난이도가 있는 책 묶기 방법을 사용하면 제법 멋진 한 권의 수제 책이 만들어진다.

* 편지 쓰기를 원하지 않는 선배는 반드시 참여하지 않아도 좋다. 하지만 경험상

교장 선생님부터 2년 차 교사까지도 대부분 정말 진심으로 써 주신다.

2. 신규 교사 시그니처 쿠폰북

1) 선배 교사의 자료 중에는 아주 귀엽고 깜찍한 캐릭터가 들어간 다양한 형태의 쿠

폰 양식들이 있다. 그중에 신규 교사가 좋아할 만한 양식을 하나 골라 신규 교사

에게 필요한 쿠폰이 무엇일지를 고민하여 작성한다.

<예시>

- (표지) 신규 쿠폰 : 선배 교사가 보이면 무조건 사용 가능(유효기간 : 새로운 신규

  교사가 오기 전까지)

- 도와주세요 : 무엇이든지 해결해 주기

- 바꿔 : 원하는 무엇이든지 바꿔주기

- 이거 나 주라 : 원하는 것 무엇이든지 주기

- 커피&티 : 고퀄 브랜드 커피&티 사주기

- 알코올 추가 : 꽐라~꽐라~ 술 사주기

- 카풀 : 언제 어디든 카풀 해주기

- 놀아줘 : 아무리 바빠도 놀아주기

- 배고파요 : 냠냠 맛있는 밥 사주기

- 난 힘이 없어요 : 무게와 상관없이 원하면 짐 옮겨주기

- 지니 램프 : 무엇이든지 해주기

2) 쿠폰을 약간 두께가 있는 A4 도화지에 칼라 출력하여 펀치로 구멍을 뚫어 고리로

　　묶기

　　* 쿠폰 작성 전에 미리 모든 선배 교사들에게 이 쿠폰의 의미와 동의를 받는다.

　　* 대부분 흔쾌히 동의해 주시지만, 혹시 동의하시지 않은 분이 계신다면 대신 수

　　　행해 줄 대타 선배 교사가 수행한다.

곽인경

갈등

조 화 로　나 아 가 는　불 협 화 음

"갈등은 피할 수 없지만,
그 해결 방법은 우리의 선택이다"

제임스 헌터

교사 성장 HIDDEN TIP

담임과 갈등 없는 학급 임원 선발하기

※ 글에 등장하는 학생 이름은 모두 가명이다.

학생 중 누가 잘못한 걸까?

S 중학교에서 1학년 부장을 맡았을 때의 일이다.

당시 그 학교는 학년에서 발생하는 학생 사안 중 피해 학생을 지속적으로 괴롭혀 온 학교폭력과 같은 심각한 사항은 곧바로 생활안전부에서 처리했다. 그리고 학생들끼리의 우발적인 폭력 문제나, 오해가 불러온 갈등 문제들은 학년부에서 해결하는 체제였다. 처음에는 학생들 문제가 발생하면 그날은 온종일 가슴이 짓눌리는 것 같아 답답하고 그 부담감으로 인해 일이 손에 잡히지 않았다. 그런데 여러 사안을 조사하다 보니 나름대로 노하우가 생겼다. 그건 바로 〈종합 사실확인서〉였다.

학생 사안이 발생하면 대부분의 학교는 학생들에게 육하원칙에 근거한 〈사실확인서〉를 쓰게 한다. 그런데 인간의 기억은 주관적이고, 왜곡될 수가 있다. 어떤 사건과 관련된 일을 당사자들이 서로 다르게 진술하는 경우가 흔하다. 따라서 어떤 일이 둘 사이에 발생했는지를 종합적으로 알아야 하는 입장에서는 두 학생이 작성한 〈사실확인서〉를 바탕으로 〈종합 사실확인서〉를 작성할 필요가 있다.

다음 사례를 보자.

쉬는 시간에 수철과 민수가 몸싸움해서, 다른 아이들이 둘이 싸운다고 신고했고, 선생님들이 달려가서 싸움을 말리고, 교무실로 불러서 각자 〈사실확인서〉를 쓰게 했다.

수철의 사실확인서 : 쉬는 시간에 옆 반 민수가 우리 반 교실에 들어와서 선우랑 시끄럽게 떠들길래, "너희 반으로 가."라고 말을 하자, 민수가 "응, 안 가."라고 말을 하길래 짜증이 나서 민수 머리를 한 대 쳤더니 민수도 제 머리를 한 대 쳤고, 그래서 민수랑 붙어서 싸웠는데 민수가 저를 더 많이 때렸습니다.

민수의 사실확인서 : 저는 한 달 전에 전학을 왔고, 최근에 선우랑 친해져서 쉬는 시간에 선우네 반에 들어가서 이야기하고 있는데 갑자기 수철이 "너희 반으로 꺼져."라고 시비를 걸길래, 쉬는 시간인데 우리 반으로 가라는 소리에 어이가 없어서 "안 가."라고 말을 하고 계속 선우랑 말을 하고 있었습니다. 근데 갑자기 수철이 제 머리를 한 대 쳐서 화가 나서 저도 수철의 머리를 한 대 쳤습니다. 그러자 수철이 제 멱살을 잡았고, 저는 멱살 잡은 손을 뿌리치려고 수철의 손을 마구 때렸습니다.

선생님의 종합 사실확인서 : 쉬는 시간에 민수가 수철네 반 교실에 가서 선우와 이야기를 함. 수철이 민수에게 "너희 반으로 꺼져."라고 말을 하자, 민수가 "응, 안 가."라고 말을 함. 이에 수철이 민수의 머리를 한 대 쳤고, 민수도 수철의 머리를 한 대 침. 수철이 민수의 멱살을 잡자 민수는 그 손을 뿌리치기 위해 수철의 손을 여러 차례 때림.

"얘들아, 너희 두 사람이 쓴 것을 종합해서 선생님이 작성했는데, 맞니? 사실과 다른 부분이 있다면 지금 알려주렴."

"사실과 다른 부분이 없어요."

"선생님이 너희가 서로 몰랐던 두 가지를 알려줄게. 민수는 한 달 전에 전학을 와서 친한 친구가 거의 없는데, 최근에 옆 반 선우랑 친해져서 쉬는 시간에 선우가 있는 반 교실로 와서 이야기를 나누고 있었어. 수철은 민수의 그런 상황을 알고 있었니?"

"아니요, 민수가 자기네 반에서 친한 친구가 없다는 것을 몰랐어요."

"그리고 민수야, 우리 학교는 쉬는 시간에 분실 사고가 발생했을 때 찾아온 옆 반 친구들을 의심하는 것이나 본인의 자리인데 화장실에 다녀왔더니 다른 반 친구들이 앉아 있는 불편한 상황을 방지하고 있어. 그래서 쉬는 시간에도 다른 반 교실 안으로 출입하는 것은 하지 말라고 학기 초부터 교육하고 있단다. 민수는 그걸 몰랐니?"

"네, 저는 그런 규칙이 있는지 몰랐어요."

"이제 서로의 입장을 이해했지?"

"네."

"그럼, 서로 사과해 보자."

"민수야, 네가 너희 반에 친한 친구가 없다는 것을 몰랐어. 먼저 머리를 쳐서 미안해."

"수철아, 나도 쉬는 시간에 다른 반 교실에 들어가면 안 된다는 것을 몰랐어. 기분 나쁘게 말해서 미안해."

두 아이는 화해했고, 이 사안은 학부모들에게 알리고 담임 종결 사안으로 끝냈다.

둘은 좋게 화해했으나, 아이들의 몸에 난 상처를 본 학부모들이 오해할수도 있어서 객관적인 상황을 담임들이 학부모에게 알리고 이해시킬 필요는 있었다.

또한 이런 적도 있었다.

평소 교사들에게도 버릇없이 굴고, 학생들에게도 함부로 말을 하던 민준과, 교사들에게 예의 바르게 굴던 철수가 싸웠다는 소식에 철수의 담임선생님이 철수의 말만 듣고, 민준을 혼냈다. 그런데 두 학생의 반이 다른관계로 그 일의 조사를 학년부장인 내가 담당하게 되어 〈종합 사실확인서〉를 작성했다. 작성해 보니, 철수와 호민이 쉬는 시간에 탁구 치다가 철수가 호민에게 화를 냈고, 이를 옆에서 본 민준이 호민의 편을 드는 말을 철수에게 하자, 철수가 민준에게 주먹을 휘두른 것이었다. 민준이 평소처럼말을 함부로 해서 철수가 화난 것이 아니었다. 민준은 단지, 친한 친구의편을 들었을 뿐이었고 그 때문에 철수에게 한 대 맞은 것이었다. 민준의잘못은 없었고, 철수의 완벽한 잘못이었다. 그런데 철수의 담임에게 혼나서 민준은 속상해하고 있었다.

내가 〈종합 사실확인서〉를 작성해서 철수의 담임에게 알리자, 철수의담임은 민준을 불러서 사과했고, 민준은 속상한 마음을 풀고 귀가할 수 있었다. 그 담임 선생님은 덕분에 사건을 객관적으로 알게 되었다고 고맙다고 했다. 괜히 엉뚱한 아이 잡을 뻔했다고 가슴을 쓸어내리면서.

하마터면 이것도 모르고 교사로 살 뻔했다

〈종합 사실확인서〉를 교사가 작성하는 것은 시간이 걸리는 번거로운 일이지만 작성해 두면 사건이 훨씬 잘 드러나서 해결하기가 좋다. 즉 과정은 힘들지만 결과는 명쾌하다. 또한 〈종합 사실확인서〉를 작성했더니 그 사건은 학년부에서 해결할 문제가 아니라 학교폭력 대책위원회에 상정해야 할 문제로 드러나서 생활안전부로 사건을 넘기기도 했다. 이 경우에도 생활안전부장이 〈종합 사실확인서〉 덕분에 어떤 일이 발생했는지 서사적으로 잘 드러나서 학교폭력 대책위원회 회의를 훨씬 원활하게 진행할 수 있었다고 고마움을 표시하기도 했다.

학생 사안이 발생하면 학생들이 각자 진술한 진술서를 토대로 객관적인 〈종합 사실확인서〉를 작성하자. 인간의 기억은 주관적이고 왜곡되기 쉬우므로 〈종합 사실확인서〉를 작성해 두면, 자녀의 말만 듣고 흥분해서 달려오는 학부모들이 거의 사라지고, 사건 해결도 더 명확해진다.

2

흥분한 민원 학부모를 대하는 방법

S 중학교에서 중학교 1학년 국어 과목을 가르칠 때의 일이다.

월요일 1교시가 비어 있는데, 갑자기 생활안전부장님이 학부모가 지난 주 국어 시간에 있었던 일로 항의차 방문했다고 나를 호출했다. 그래서 회의실로 가보니, 화가 잔뜩 난 어머니와 비교적 담담한 표정의 아버지가 있었고, 어머니께서 말씀하셨다.

"선생님이 지난주 국어 시간에 우리 민주의 국어 공책을 던지셨다면서요? 그리고 화를 내면서 아이한테 빨리 발표하라고 윽박지르셨고요. 아이가 금요일에 집에 돌아와서는 내내 울고 밥도 안 먹었어요. 어떻게 학생 인권을 그렇게 침해할 수 있으세요? 학생에게 정식으로 사과하세요!"

순간 당황해서 지난주 그 반 국어 시간에 무슨 일이 있었는지 기억이 안 났다. 그러다가 기억을 차근차근 더듬어 보니, 금요일 국어 시간의 모습이 머릿속에 재생되었다.

그날은 국어 [독서] 영역 수행평가 중 1점짜리 [자발적 발표]의 마지막 시간이었다. 당시 나는 [독서] 수행평가를 독서록 3개 기재(각 3점. 총 9점)와 [자발적 발표] 1점. 총 10점 만점으로 평가계획을 세웠으며 4월 말까지 [자발적 발표] 시간을 준다고 안내했다. 발표할 때는 미리 써 온 원고를 보지 않고, 말하는 것으로 원칙을 세웠다. 발표 원고를 부모님이나 학원 선생님이 대신 써 주는 경우가 있을까 봐, 평가의 공정성을 위해 원고를 보면서 줄줄 읽는 것은 안 된다고 주의사항을 이야기했다. 또한 평가 기한의 마지막 날에 우르르 발표하지 말고, 수업 시간당 1~2명씩 했으면 좋겠다고 학기 초에 말했다.

그런데 그날은 마지막 발표날이자 단원평가를 보는 날이었는데 그 반 학생들이 4명 정도가 하겠다고 하는 바람에 화가 났다. 학기 초에 분명히 마지막 날에 몰리지 말라고 했는데 그 반 아이들이 몰렸고, 게다가 그 시간이 단원평가를 보기로 한 시간이라 시험 보고 풀이까지 하려면 시간이 다소 빠듯했기 때문이었다. 하지만 발표해서 1점을 챙기겠다는데, 누구는 발표를 시키고, 누구는 발표를 안 시킬 수는 없어서 학생들에게 빠른 속도로 발표를 진행하자고 말했다. 그런데 민주는 칠판에 책 제목을 판서하는데 느릿느릿하게 판서해서 조급한 내 마음을 부채질했고, 발표도 공책을 보면서 줄줄 읽는 것이 아닌가? 그래서 읽고 있던 공책을 빼앗아 교탁 아래에 내려놓으면서 "이건 안 보고 발표하는 거라고 선생님이 학기 초에 말했지? 발표 수행평가 할 때마다 늘 했던 말이고, 게다가 오늘은 마지막 날

인데, 그동안 선생님 말씀을 안 들었구나?"라고 핀잔을 주었다.

그 일로 인해 민주는 집에 가서 밥도 안 먹고 울었고, 자초지종을 묻는 어머니에게 학교에서 국어 선생님께 혼났고, 선생님이 자기 공책을 던졌다고 말을 한 것이었으며 이 말을 들은 어머니는 화가 나서 아버지까지 대동하고 학교에 따지러 온 것이었다.

그래서 자초지종을 어머니께 말씀드렸다. 그리고 민주 입장에서는 많이 혼났다고 느꼈을 수도 있겠다고. 하지만 그렇게 심하게 혼내진 않았고, 특히 민주의 국어 공책을 던지지 않고 교탁에 내려놓았다고.

그런데도 어머니는 내 말을 곧이곧대로 믿지 않고, 재차 나의 사과를 요구했고, 나는 잘못하지 않았는데 왜 사과를 하느냐, 2교시에 다른 반 국어 수업이 있으니 그 수업 끝나고 민주를 불러 어머니와 함께 삼자대면하고 싶다고 말했다.

이어지는 2교시에 심장이 벌렁거리고, 머리가 하얀 상태에서 수업하고 나왔다. 그런데 복도에서 그 반 교실의 맨 앞자리에 앉는 채원과 마주쳤다. 그 순간, 채원을 증인으로 세우면 되겠다고 생각해서 물어봤다.

"채원아, 지난주 금요일에 국어 시간에 민주가 독서 말하기 수행평가를 공책 보고 줄줄 읽어서 선생님이 공책을 교탁 위에 내려놓았니? 공책을 던졌니?"

"교탁 위에 내려놓으셨어요."

"그치? 그러면 지금 선생님하고 같이 회의실로 가서 증언해 주렴."

그래서 채원을 데리고 회의실로 가서 어머니께 말씀드렸다.

"이 학생이 교탁 바로 앞에 앉는 학생이니까 당시 상황을 잘 알고 있어요."

어머니는 격앙된 목소리로, 채원이에게

"너, 선생님 앞이라고 거짓말하지 말고 제대로 말해. 선생님이 우리 민주 공책 던졌니, 안 던졌니?"

"안 던지고, 교탁 위에 내려놓으셨어요."

그리고 회의실로 온 민주에게 이번에는 내가 물어봤다.

"민주야, 선생님이 네 공책을 던졌니? 교탁 위에 내려놓았니?"

"(잠시 망설이다가) 교탁 위에 내려놓으셨어요."

민주와 채원을 모두 교실로 보내고, 어머니와 단둘이 마주 앉았다.

"채원이 증언 들으셨죠? 저는 민주의 공책을 던진 적이 없고, 교탁 위에 내려놓았습니다. 그런데 민주 입장에서는 혼났다고 생각해서 그 행동을 던졌다고 받아들였나 봅니다. 그리고 그 수업시간은 원래 단원평가를 보기로 한 시간이어서 가뜩이나 시간이 촉박한데 4명의 아이가 발표하겠다고 해서, 저로서는 무척 조급증이 났고, 공책에 써 온 것을 읽지 말라고 누차 이야기한 사항을 민주가 어겼기에 말투가 친절하게 나가지 않았어요."

공책을 던지지 않았다는 사실에 어머니가 조금 누그러지시면서 그제야 수업하는 선생님 입장도 헤아리게 되면서 말씀하셨다.

"여자아이라 매우 예민하고, 또 행동이 느린 부분도 있으니 선생님께서 좀 이해해 주세요. 저는 주말 내내 아이가 침울해하고, 밥도 제대로 안 먹길래 속상해서 학교를 찾아왔고, 이제 오해는 풀렸어요."

"마음이 여린 여학생이고, 아직은 학기 초라 선생님이 낯선 상태라, 민주 입장에서는 혼났다고 생각할 수도 있어요. 저는 민주한테 아무런 미운 감정 같은 것은 없고, 앞으로도 그럴 겁니다. 민주를 불러서도 선생님이 민주를 미워하지 않는다고 잘 이야기할게요."

이렇게 학부모의 민원은 일단락이 되었다.

학교에 민원을 제기하는 학부모들은 학교에서 벌어진 상황을 객관적으로 파악하지도 않고, 학생이 집에 와서 하는 말만 듣고 흥분해서 학교로 달려오는 경우가 있다. 학생들은 상황의 앞뒤 맥락은 모두 생략한 상태에서 본인이 느낀 억울함만 부각해서 말하기 때문에 학부모들은 매우 흥분한 상태이다. 그러니 일단은 흥분한 학부모를 가라앉히고, 객관적으로 상황을 파악할 수 있는 시간을 확보해야 한다. 내 경우도 시간이 지나니까 그날의 기억이 차츰 떠올랐고, 제삼자의 증언도 생각해 낼 수 있었다. 또한 없는 말을 지어냈다고, 학부모 앞에서 해당 학생을 절대 혼내서는 안 되고, '학생 입장에서는 그렇게 느꼈을 수도 있겠다.'라고 수긍을 한 다음에 그날의 전후 상황을 학부모에게 들려주면 대부분의 학부모는 납득을 하는 것 같다.

하마터면 이것도 모르고 교사로 살 뻔했다

3

동료 교사와의 갈등 예방책

교직 실 경력이 20년이 훌쩍 넘어가고, 아이를 낳아 기르면서 직접 학부모가 되어 보니 학생과 학부모와의 관계에서는 높은 이해도를 바탕으로 어느 정도 자신감도 생겼다. '학생이니까 뭘 잘 몰라서 그럴 수 있고, 학부모니까 내 자식이 소중해서 저렇게 흥분할 수도 있겠구나.'라는 이해심이 생겼고 기대치도 매우 낮아서 크게 스트레스를 안 받는 것 같다.

그런데 동료 교사에게는 아직도 그 기대치가 높은가 보다.

'어떻게 선생님이 저럴 수 있지?'라는 생각으로 어떤 선생님을 미워하기도 하고, 복도에서 마주쳐도 인사하기가 영 껄끄럽기도 했다.

학교에서 동료 교사와 갈등 관계에 놓이는 이유 중의 하나는 업무 분장이 공평하지 않고 다른 사람보다 과중한 업무를 맡게 되는 사람이 생기기 때문이다. 학교의 모든 업무는 그 무게가 같지 않다. 생활안전부의 학교폭력 담당자, 교육과정부의 교육과정편제표 담당자, 교무기획부의 수업계 담당자, 교육연구부의 평가 담당자 등 어려운 업무가 몇 가지가 있고 이와 반대로 상대적으로 쉬운 업무가 있다.

　내가 동료 교사와의 관계 때문에 심리적으로 가장 힘들었을 때는 업무 폭탄을 맞이했을 때였다. 2017년에 S 중학교에서 교육과정부장과 1학년부장을 겸임했으며, 당시 교육과정부장이 하는 일이란, 교육과정편제표, 자유학기, 방과후학교, 학교교육과정 운영계획서 작성, 학교자체평가 업무였다. 게다가 자유학기가 자유학년제로 운영되는 원년인지라 전년도에 비해서 일이 더 많아진 데다가 전년도 교육연구부장이 담당했던 학교자체평가 업무가 교육과정부로 넘어온 것이었다.

　학기 초에는 학교교육과정 운영계획서를 마무리하고, 나이스로 교육과정편제표 기초 작업하고, 입학식 날에는 1학년부장으로서 신입생 학부모에게 학교생활 안내 연수를 진행했다. 그리고 1학기에는 자유학기 연계 교육과정 운영을 해야 했고, 2학기에는 본격적인 자유학기를 운영해야 했다. 학생들을 데리고 진로체험 계획을 세우는 것도 내 몫이었고, 방과후학교 운영을 하는 것도 내 몫이었다. 3월에는 1학년부장으로서 1학년 체험학습 계획도 수립하여 5월 초에 진행했고, 학기 중에는 학생 사안이 발생했을 때, 학년부장으로서 사실 조사 및 갈등 중재도 했고, 2학기에는 학교자체평가 및 신학기 학교 운영을 위한 설문지를 만들고, 교사 전체 협의회를 진행하였으며 자유학기 발표회도 진행했다.

작년 담당 부장이 했던 일에서 여러 가지 다른 업무들이 추가되는 바람에 무척 힘들었기에 전년도 부장 업무 협의회에 참석했던 사람들이 전부 미웠다. 어떻게 한 사람에게 이렇게 많은 일을 줄 수 있을까? 그래서 말이 곱게 나가지 않았고, 1년 내내 밝은 표정보다는 어두운 표정, 일에 대한 중압감에 스트레스를 받던 나날들이었다.

그해 여름방학 때, 혁신 리더 교사 연수에 가서 내가 맡고 있는 업무를 나열했더니 우리 모둠의 선생님들이 모두 눈을 동그랗게 뜨면서 어떻게 그럴 수가 있냐고 놀라셨다. 그중 한 선생님께서는 내가 업무를 많이 하고 있다는 것은, 누군가가 업무를 적게 가져갔기 때문이라고 하셨다.

그동안 내 업무가 너무 과중하여 남의 업무를 살필 겨를이 없었는데 그 말을 듣고 보니, 나보다 훨씬 적은 일을 하는 부장이 보였다. 다행히 그해 연말에 부장단의 업무 협의회에서 교육과정부장과 학년부장 업무를 분리하고, 일을 적게 맡고 있던 부장이 학년부장을 겸하게 되어 차년도 교육과정부장의 짐이 덜어지게 되었다.

따라서 업무 분장을 최대한 공평하게 짜는 것이 동료 교사 간의 갈등을 줄이기 위해 필요하다. 부서의 성격상 과중한 업무를 누군가가 할 수밖에 없다면 다른 업무(급식 질서 지도 등)를 빼 주는 방법 등을 사용해서라도 업무 분장을 공평하게 한다면, 학교 내에서 동료 교사와의 갈등을 예방할 수 있다.

동교과 내에서 수업 시수나 복수 학년을 담당하게 되는 문제도 마찬가지이다. 해마다 2월이 되어 교과협의회를 할 때 누구는 수업 시수를 적게 가져가고, 누구는 많이 가져가고, 누구는 한 과목만 전담하는데 누구는 두 과목을 담당해야 하는 것을 놓고 치열하게 논의가 이어진다. 국어과의 경우, 교재 연구에 대한 부담감이 크기 때문에 단일 교과목 수업 시수를 많이 하는 것보다 복수 교과목을 담당하면서 수업 시수를 적게 하는 것이 더 힘든 일인지라, 사전에 학급 수가 조정이 되는 상황이라면 최대한 복수 교과목을 담당하는 교사가 없도록 하는 것이 최고다. 교사의 교재 연구의 부담감은 고스란히 질 낮은 교육으로 이어질 수 있고, 그 피해는 학생들에게 돌아가기 때문에 사전에 조정이 되는 상황이라면 놓치지 않고 조정해야 한다.

2022년 고등학교에서 근무하고 있을 때, 11월에 교육과정부장으로부터 2023학년도 고3 선택과목별 예정 학급 수가 메시지로 왔다. 당시 내가 근무했던 학교의 3학년은 총 12학급이고, [언어와 매체] 선택과목은 3학급, [화법과 작문] 선택과목은 9학급으로 편성 예정이었다. [언어와 매체]와 [화법과 작문]은 모두 주당 수업시수가 4시간인 과목이어서, 만약 이렇게 편성이 확정된다면 [언어와 매체]를 가르치는 선생님은 적은 수업 시수(12시간)로 인하여 또 다른 국어과 선택과목 학급 1개 반을 담당해야 하고, [화법과 작문]을 가르치는 선생님은 4학급(16시간)/ 4학급(16시간)/1학급

(4시간)의 총 세 명으로 배정이 되고, 이 중 한 분은 [화법과 작문] 한 학급에다가 다른 국어과 선택과목 학급 여러 반을 담당해야 하는 상황이었다. 그래서 학생 수를 알아봤더니, [언어와 매체] 선택 학생은 총 70명으로 23명/23명/24명의 3학급 배정이었다. 만약 17명/17명/18명/18명의 4학급 배정이 된다면 [언어와 매체] 과목이 4학급, [화법과 작문]이 8학급으로 편성될 수 있어서 세 명의 3학년 국어과 담당 교사들이 모두 수업 시수가 16시간으로 같아지고, 복수 교과목을 담당하는 교사는 없어질 수 있었다. 그래서 [언어와 매체] 학급을 4학급으로 편성하면 안 되냐고, 교육과정부장님께 문의했더니, 국어과 교과협의회를 개최하여 협의록을 기안하면 가능하다고 하셨다. 부랴부랴 국어과 교과협의회를 개최하여 협의록을 기안해서 [언어와 매체] 선택 학급을 4학급으로 편성 확정을 지었다. 이렇게 11월에 미리 국어 교사 수에 맞게 선택 과목별 학급 수를 조정을 한 결과, 2023년 2월의 국어과 교과협의회는 복수 교과목을 담당하는 교사가 한 명도 생기지 않아서 서로 얼굴 붉히는 일 없이 원만하게 수업 시수 배정을 끝낼 수 있었다.

교사 성과급이 도입되기 전에는 누군가가 학교 일을 많이 하게 되거나 동교과에서 수업을 많이 하게 되면, 동료 교사들이 다른 업무를 빼 주는 식으로 서로 배려하고, 무거운 짐을 나눠서 지는 문화가 있었다. 그러나 일을 많이 하는 대신 성과급에서 높은 등급을 받게 되는, 교사 성과급이

도입되면서 점점 그런 문화가 옅어져 가고 있다. 하지만 1년 내내 남보다 일을 많이 하거나 여러 교과를 가르치는 것은 그 교사와 나머지 교사와의 원만한 관계를 저해하는 원인이 될 수 있고, 낮은 교육의 질을 유발한다. 따라서 행정 업무나 수업 시수를 나누는 일은 '누군가가 많이 가져가는 일이 필수적으로 발생하는 일이며 그냥 감수해야 한다.'라는 생각을 버리고, 사전에 고르게 조정할 수 있는 방안에 대해 서로 머리를 맞대고 생각해 본다면, 동료 교사와 갈등이 생기는 것을 최대한 방지할 수 있을 것이다.

4

부장 교사와 승진의 갈림길에서

1998년부터 2012년까지 담임 경력 11년을 맞이했다. 중간에 육아휴직 1년과 비담임 경력 3년을 제외하면 대다수 선생님처럼 교직 경력의 약 80% 동안 학급 담임을 맡았다. 개인적으로 학급 담임 중에서 중1 담임을 제일 선호했다. 처음 중학교에 입학한 아이들은 담임이 학교생활을 안내하는 방향대로 잘 따라주기 때문이다. 담임이 학교생활을 차근차근 안내해 주고, 학급 운영 규칙을 학기 초에 잘 세우면 1년이 편했다.

그러나 2011년은 그런 나의 믿음이 깨진 해였다. 아이들은 내가 안내하는 방향대로 잘 따라주지 않았다. 아니, 정확하게 말하면 내 앞에서는 말을 잘 듣는 척했고, 다른 교과 시간에는 말썽을 부려서 우리 반에 수업을 들어오시는 선생님들께서 무척 힘들어하셨다. 쉬는 시간마다 교무실의 내 자리는 교과 선생님들이 데리고 오는 우리 반 말썽꾸러기들로 북적거리기 일쑤였다. 오죽하면 교과 선생님들이 담임한테까지 아이들을 데리고 왔으랴. 우리 반은 아이들 각자의 개성이 굉장히 뚜렷하였고, 공부에 집중하고자 하는 그룹과 노는 그룹이 선명하게 나뉘었으며, 노는 그룹이 내 시간을 제외하고 나머지 수업 시간에 떠들고, 쪽지를 주고받는 등 수업 분위기를 흐리게 하였다. 타 교과 시간에 말썽을 부린 아이들을 매번 반성문을 쓰게 하고 부모님 사인을 받아오게 했지만, 그때뿐이었고 1년 동안 별반 달라지지 않아서 공부에 집중하고자 하는 얌전한 아이들에게 미안했던 한 해였다.

이듬해 우리 반의 말썽꾸러기들을 모두 흩어지게 2학년 진급 반으로 편성을 했는데도 교무실 선생님들 사이에서 오르내리는 이름들은 모두 그 아이들이었다. 내가 "ㅇㅇㅇ도 우리 반이었고, △△△도 우리 반이었고, ☆☆☆도 우리 반이었어요."라고 말하면, 선생님들은 어떻게 그 아이들이 작년에 모두 같은 반이었냐고, 고생 많이 했겠다면서 안쓰러워하셨다.

2012년에 나는 2011년에 생활지도가 힘들었던 그 아이들을 피해서 1학년 담임을 자원했는데 이번에는 아이들이 굉장히 순하고 수업 태도가 반듯했다. 하얀 도화지처럼 내가 원하는 색을 칠하면 그대로 흡수하는 아이들이었다. 우리 반을 수업하시는 선생님들이 모두 칭찬하시면서 수업 공개 주간에 모두 우리 반을 공개수업 학급으로 지정할 정도였다.

그런데 이번에는 학부모들이 나를 힘들게 했다. 3월 초에 여학생 두 명이 하굣길에 말다툼하다가 서로 뺨을 때린 일이 발생했고 이 일이 학부모 간의 갈등으로 번졌다. 두 여학생 모두 공부에 욕심이 있는 학생들이었고, 입학하자마자 학폭으로 서류화되는 것을 원하지 않아 결과적으로는 서로 사과를 하고 잘 해결되었지만, 해결되는 과정이 나에게 큰 스트레스를 주었다. 그리고 2학기에는 남학생 두 명이 점심시간에 야구하다가 한 명이 던진 공에 다른 한 명이 손가락 상처를 입게 되자, 이번에도 학부모들이 서로 전화하다가 감정이 상해서 싸움으로 번져서 내가 중재해야만 했었다.

동네 특성상 학부모들이 자녀 교육에 관심이 많고, 욕심도 많은 곳인지라 아이들은 비교적 교사에게 예의 바르고 순종적인 경향이나 학생들 간의 갈등이 학부모 간의 갈등으로 번지는 일을 몇 차례 겪고 나니 더 이상 담임을 하고 싶지 않았다. 마침, 동일교 근무 만기가 되는 부장 교사가 많았고, 진로 전담 교사로 빠져나가는 부장 교사들까지 생겨서 부장 교사의 빈자리가 많이 생긴다는 소문이 있어서, 과감하게 부장 교사를 지원했다.

그래서 2013년에 37세로 연구부장이 되었다. 매주 부장 회의에 참석하여 학교 관리자들과 의견을 나누고 건의를 할 수 있었으며, 다른 부장들로부터 자료를 받아 학교교육계획서를 편집하는 일을 하면서 자연스럽게 학교 전체의 일이 눈에 들어왔다. 또한 경기교육 기본 계획, 교육부 기본 계획까지도 살펴보게 되어서, 올해 어떤 교육활동이 어떤 의미로 시작되는 것인지 그 원천을 알게 되어 학급에만 머물던 시야가 학교 전체로 넓어지게 되는 계기가 되었다.

연구부는 교육과정 설계를 바탕으로 한 수업과 평가 업무가 본연의 업무이다. 2013년은 교육과정 재구성, 배움 중심 수업, 평가혁신이 시작되는 해였기에, 경기도교육청 연수를 비롯하여 다른 학교 우수사례를 공유하는 자리에 자발적으로 참석하고, 학교에 돌아와서는 전달 연수를 하였다.

또한 학교 선생님들과 자발적인 공부 모임을 꾸려서 2주에 한 번 정도 방과 후에 남아서 서로의 수업 사례, 알고 있는 컴퓨터 유틸리티 등을 공유하기 시작했다. 그 경험을 발판으로 삼아 2015년에 전문적학습공동체(이하 전학공)가 직무 연수로 인정되자, 우리 학교에서는 형식적인 운영이 아닌, 실질적인 공부 모임을 운영할 수 있었다. 우선 생활지도 전학공과 수업지도 전학공으로 나누고 연구부장인 나는 생활지도 전학공의 대표를 맡고, 연구부 전학공 담당 계원 선생님은 수업지도 전학공 대표를 맡는 식으로 팀을 나눴다. 생활지도 전학공은 회복적 생활지도와 비폭력 대화를 중심으로 커리큘럼을 짰고, 수업지도 전학공은 협동학습을 비롯한 다양한 수업 방법을 배우는 커리큘럼으로 운영했다. 그리고 마지막 두 번의 전학공 연수는 전체 교사들이 모여서 한 번은 생활지도 전학공에서 공부했던 내용들을 간략하게 공유하고 그중에 하나를 다 같이 실습해 보고, 또한 번은 수업지도 전학공에서 공부했던 내용들을 간략하게 공유하고 그중에 협동학습 기법의 하나를 다 같이 실습해 보면서 유종의 미를 거뒀다.

첫 부장 경력이 연구부장이어서 처음에는 부담스럽기도 했지만, 평소 수업에 관심이 많던 나의 적성에 맞는 자리여서 두 학교를 거쳐서 총 5년 동안 연구부장을 맡았다. 그리고 자연스레 학교 관리자로의 승진에 대해서 고민하는 시점이 왔다. 관리자가 되었을 때의 장단점에 대해 곰곰이 생각하고 그 길을 향해서 달릴지, 말지를 결정하고 싶었다. 무턱대고 남들이 선호하고, 학교 교사의 권력 꼭대기가 관리자이고, 관리자들은 능력 있는 교사로 인식된다는 이유로 승진을 목표로 삼고 싶지는 않았다.

트리나 포올로스의 소설 『꽃들에게 희망을』에 나오는 내용처럼, 꼭대기 위에 뭐가 있는지 생각하지 않고 다른 애벌레들이 기어 올라가니까 따라 올라가고 싶지 않았다. 장학사는 학생이 있는 학교 현장을 떠나게 되고, 생활근거지와 거리가 먼 교육청으로 발령이 날 수도 있으며, 권한이 많으면서도 책임질 일도 많고, 무엇보다 장학사 − 장학관 − 부서 과장 − 교육장의 수직 관료 체제와 성격상 맞지 않는다는 생각이 들었다. 나는 평소에도 교무실보다 수업하는 교실을 더 사랑하는 교사이고, 학급 담임을 하든, 비담임을 하든, 부장 교사를 하든지 나의 정체성은 수업하는 교사였다. 나의 아이디어로 학교 전체가 변화하게 되었을 때의 보람도 크지만, 그보다 더한 만족감을 주는 것은 수업 시간에 아이들이 눈을 반짝이면서 집중하고, 아이들이 나에게 "선생님 수업은 재미있어요. 선생님은 제가 만난 국어 선생님 중에서 최고예요."라는 말을 들을 때이다. 그래서 승진에 대해서는 생각을 접고, 학교를 떠나는 순간까지 수업하는 교사로서 열심히 살리라 마음을 굳혔다.

담임 경력이 10년 정도가 되고, 담임을 하고 싶지 않은 시기가 찾아오면 비담임을 희망하기보다는 부장 교사에 도전해 보길 추천한다. 학급으로 범위가 한정되어 있던 시야가 학교 전체로 확장이 되는 소중한 기회가 될 것이다. 담임으로서 곧바로 교장실을 찾아가 학교 일에 대해 건의를 드리는 것은 용기가 필요한 일이나, 부장 교사는 부장 회의라는 공식적으로 건의를 할 수 있는 기회가 있고 학교 관리자들이 부장 교사의 의견을 귀담아 듣고, 수용하는 경우가 많다. 따라서 수십 년 동안의 교직 생활을 하면서 반드시 부장 교사는 꼭 경험해 보길 추천한다.

반면에 관리자로 승진하기 위해 준비할지 말지에 대한 선택은 관리자로서 삶에 대한 정보를 수집하고, 충분히 고민해 보고 준비하길 바란다.

담임과 갈등 없는 학급 임원 선발하기
- <학급 임원 지원서> 활용하기

학기 초에 학급 임원을 선출할 때, <학급 임원 지원서>를 활용하면 좋다. 아이들 사이에서 인기만 있고, 회의를 주관하는 능력도 없고, 교과 수업 태도도 좋지 않은 아이들이 임원으로 선발되면 담임 입장에서는 1년이 고달프다. 그래서 학급 임원 선거일이 되기 며칠 전에 학급 임원이 되고자 하는 학생들은 <학급 임원 지원서>를 기일 안에 작성해 오라고 하면, 불성실한 학생, 리더에 대해 깊이 생각해 보지 않은 학생은 저절로 떨어져 나가게 된다. 그 아이들은 기일 안에 제출하지 못하기 때문이다.

나는 2020년부터 2023년까지 총 4년 동안 <학급 임원 지원서>를 활용했는데 그 결과 모범적이고 학급 운영에 대해 생각해 봤던 학생들로만 후보가 간추려져서 학급 담임으로서 매우 편했다. 팁을 하나 더 주자면, <학급 임원 지원서> 제출 기한을 조금 짧게 잡길 바란다. 조건을 조금 까다롭게 해야만 불성실한 학생을 거를 수 있기 때문이다.

아래 양식은 2023년에 사용한 양식이고, 양식에서 '2번 문항'은 학급 담임에 따라 다른 문제를 내도 좋다. 나는 2020년에는 '만약 우리 학급에서 왕따 문제가 발생한다면 반장으로서 어떻게 할 것인가?'라는 문제를 내기도 했다.

학급 임원(반장/부반장) 지원서

※ 위의 임원에서 출마하고자 하는 부분에 동그라미 혹은 밑줄로 표시하기 (만약 반장 선거에 떨어질 경우, 부반장 선거에도 나갈 예정이면 반장/부반장 모두에 동그라미. 만약 반장 혹은 부반장 선거에만 나가고 싶으면 둘 중 하나에만 표시하기) - 3월 6일 월요일까지 제출하기. (미제출 시 지원을 포기하는 것으로 간주함)

지원자 : 3학년 ○반 (   )번 (   )

1. ○○고 학급회 임원의 자격 및 임기

> **제6조【임원의 자격】**학급 임원은 ①성실하고 ②책임감이 강하며 ③통솔력이 있고 ④학급원을 위해서 봉사할 수 있는 사람이어야 한다.
>
> **제7조【임기】**①학급 임원의 임기는 학기제로 하며, 학급 임원이 임기 중 사회봉사 이상의 징계를 받거나, 일신상의 이유로 사퇴하면 재선출한다. 연임이 가능하다.

☞ 지원서를 쓰기 전에 잠깐! 생각해 봅시다!
① 학급 임원들은 학급 친구들을 대표하는 동시에 담임 선생님 부재 시에 선생님을 대신하는 일들을 합니다. 따라서 꼼꼼하고 세밀하게 친구들을 챙겨야 하는데(과목별 공지, 학생회 공지사항 등) 나는 과연 이런 일을 하기에 적합한 사람인가?
② 건강하고, 학교에 성실하게 등교하는 학생인가?

2. 다음 질문에 대해 본인의 생각을 적어 봅시다.
 1) 자기소개 시간에 학급 친구들의 발표를 들은 후, 그리고 현재까지 생활하면서, 반 학생들에 대해 어떤 점을 파악하게 되었으며 이를 학급 임원의 역할과 연결지어 봅시다.

 2) 만약 반장 혹은 부반장이 된다면 어떤 일을 계획하여 실행에 옮기고 싶은가요? 구체적이고 실현 가능한 일로 서술하기 바랍니다. (학급 임원 선거일에 소견 발표하는 내용)

하마터면 이것도 모르고 교사로 살 뻔했다

장미애

인연

행복한 동행

"당신을 만나는 모든 사람이 당신과 헤어질 때는
더 나아지고 더 행복해질 수 있도록 하라."

마더 테레사

교사 성장 HIDDEN TIP

행복한 교사를 위한 동아리,
연구회, 연수 꿀정보

1

교직의 길을 함께 걷고 있는 사람들

1998년. 대학에서 만난 친한 친구 2명은 같이 교사가 되었다. 대학 시절부터 함께 공부하고, 임용고시를 준비했다. 교사가 되어 지금까지 우리의 우정은 변하지 않았고, 시간이 흐를수록 더욱 깊어져 가고 있다. 학교에서 만난 동료 교사들과도 깊은 관계를 맺지만, 대학 시절부터 함께 보낸 친구는 동고동락한 시간만큼이나 서로에게 의미 있는 존재이다. 서로 떨어져 지내지만, 방학 때마다 정기 모임을 가지며 인생의 대소사를 함께했다. 학교에서 힘든 일이 있을 때마다 편하게 전화를 할 수 있어서 가족만큼 소중한 인연들이다. 내년에는 그동안 함께 모아두었던 적금을 깨고 같이 해외여행을 갈 계획이다. 자녀들이 많이 커서, 우리 셋의 우정을 진하게 느낄 수 있는 힐링 여행을 해 볼 계획이다. 방학에 함께 여행을 갈 수 있는 같은 일을 하는 친한 친구가 있다는 것 자체가 행운이라고 생각한다.

2002년. 신규 교사 연수원에서 만난 나의 룸메이트는 나와 생일이 같다. 혼자 방에 있다가 심심해서 놀러 온 옆 방 친구는 나의 룸메이트와 이름이 같다. 이렇게 인연이 된 우리 3명은 지금까지 만나며 관계를 이어오고 있다. 방학마다 만나면 수업, 업무, 학생들 이야기를 하다가 가족사 등 깊이 있는 이야기까지 하게 된다. 난임 시술을 여러 번 받은 이야기, 시어머니의 시집살이, 남편과의 싸움, 전원주택에 살게 된 이야기까지, 못할 이야기가 없다. 아니 시간이 없어 항상 아쉽게 헤어지는 정도다.

결혼하고 아이를 낳고서는 서로 가족을 데리고 함께 만나기도 한다. 발령 첫해 여름 함께한 제주 여행과 다음 해에 함께했던 경주 여행은 20년이 지난 지금까지도 서로의 기억에 아름다운 추억으로 남아 있다. 만날 때마다 그때 이야기를 매번 해도 질리지 않는다. 행복한 추억은 계속 꺼내 보아도 빛이 바래지 않는 것 같다. 신규 교사 연수원 동기. 같은 한문 교사이고, 생일이 같고, 이름이 같은 우리들은 공통점이 참 많다. 그래서 오래될수록 더욱 소중한 인연이다.

2002년. 구리 남양주로 발령을 받았다. 교육청에서 함께 발령받은 한문 교사는 나를 포함하여 3명이었다. 한 명은 나보다 10살이 많았고, 다른 한 명은 나보다 3살이 많은 언니였다. 나이는 중요하지 않았다. 구리 남양주에 함께 신규 발령받은 한문 교사. 이것만으로 우리는 금방 친숙해졌고 그 자리에서 정기 모임을 만들었다. 3월부터 매월 만나 한문 수업의 팁을 공유하고 전공 관련 서적을 꾸준히 읽었으며 학교에서의 어려움을 나누고 서로를 위로하고 도와주는 사이가 되었다.

첫 발령 이후 지금까지 3명 모두가 4~5번의 전보를 거치며 우리는 서로가 맺고 있는 인연들을 찾기 시작했다. '언니가 이번에 발령받은 학교에 A 선생님 있지? 나와 ○○학교에서 같이 근무했는데, 친하게 지내.', '언니 학교에 B 선생님이 새로 왔지? 나랑 진짜 친한 선생님이야. 언니가 잘 챙겨줘요.' 서로 새로운 학교에 갈 때마다 구리 남양주에 오랫동안 근무한 우리들의 인연을 찾고, 안부를 묻는 것은 또 하나의 쏠쏠한 재미이다.

최근에는 2주에 한 번씩 모여 사서삼경을 읽고 있다. 인문학적 소양도 쌓고, 전공 공부를 통해 수업에 적용할 것들을 함께 찾고 있다. 학교 일과 가정일이 모두 바쁜 주부 교사들이지만 공부에 대한 열정은 식지 않았다. 한 언니는 최근 남편의 암 투병으로 경황이 없는 중에도 시간을 내서 모임에 참석한다. 슬픔과 걱정이 앞서지만 모임에 오면 환기가 되고, 고민과 어려움을 털어놓을 수 있어 좋다고 하였다. 눈물이 가득 고인 언니의 눈을 보니 같이 눈물이 났다. 함께 울어주고 곁에 있어 줄 수 있어 다행이라고 생각하고, 인생의 길에 같이 걸어가 줄 수 있는 친구로 오랫동안 남기를 다짐해 보았다.

2002년. 전국 한문 교사 연수가 있었다. 첫 발령을 받은 중학교에서는 전 학년 한문 수업을 하고 있었고, 내가 어떻게 수업하냐에 따라 학생들의 수업 분위기가 달라진다는 것을 절감하고 있었다. 혈기 왕성한 중학생들이다 보니 역시나 활동 중심 수업의 반응이 훨씬 좋았다. 유행가 가사를 한자어로 개사하여 불러보는 수업, 고사성어의 유래를 바탕으로 한 연극 수업, 한자를 직접 만들어서 발표해 보는 수업 등 선배 한문 교사들이 만들어 공유해준 수업자료들을 활용하여 이런저런 수업을 진행해 보았다. 전국 한문 교사 모임의 선배 교사들은 봄, 여름 워크숍을 준비하여 신규 교사들을 위해 수업 공개, 한문교육이 나아가야 할 방향 등을 논의할 수 있는 장을 만들어주었고, 나는 연수에 적극적으로 참여하였다.

연수 후 서울 혜화역에서 주 1회 한문 교사 모임이 있다는 소식을 듣고, 집에서 1시간 거리이지만 방과 후 그 모임에 정기적으로 참여했다. 일과 후 녹초가 된 몸으로 참여했지만, 돌아오는 길은 항상 뿌듯한 마음이었다. 나는 새로운 수업 방식을 시도하는 데 두려움이 많았다. 하지만 새로운 방식을 시도해야 더 좋은 방식을 찾을 수 있다는 초긍정의 마인드인 선배 교사를 보며 안정감과 용기를 가질 수 있었다. 선배 교사들과 함께 수업의 소재를 찾고, 수업의 방법을 고민하면서 교과서 집필 작업도 함께할 수 있었고, 수업 부교재 제작에도 한 꼭지를 맡아 진행할 수 있었다.

협동 학습이 새로운 수업 방식으로 주목받을 때 선생님들의 동기부여 덕분에 협동 학습 방식을 수업에 도입할 수 있었고, 수업 실기대회에 나가 수상을 하기도 하였다. 지금은 정기 모임을 하고 있지 않지만 몇 선생님들과는 지속적으로 소통하며 수업에 대한 조언도 구하고, 나의 수업도 공유하며 관계하고 있다. 언제나 든든한 한문 수업의 자문단이 곁에 있는 것만으로도 여전히 큰 힘이 된다.

　2002년. 첫 발령지는 구리 남양주에 있는 작은 중학교였다. 교직원 수가 20명 남짓이었고, 그해 나는 홀로 신규 교사 발령을 받았다. 교장, 교감 선생님은 나의 부모를 학교에 초청해서, 전교생을 운동장에 불러 놓고 신규 교사 환영식을 성대하게 해 주셨다. 나보다 한 해, 두 해 먼저 발령받은 선배 교사들은 삼삼오오 모여 식사하거나, 회식을 할 때마다 나를 불러주었고, 살뜰히 챙겨주었다. 주변에 따뜻한 선배 교사가 있다는 자체만으로 새 학교에서 안정감을 느꼈고, 그때의 기억이 너무 좋아 나도 신규 교사가 올 때마다 관심을 가지려고 노력한다.

　나보다 두 해 전에 발령받은 선배 교사는 지금 교감 승진을 코앞에 두고 있다. 오랜만의 만남 자리에서 후배 교사들에게 줄 승진 꿀팁이 한가득이라며 언제든지 조언이 필요하면 연락하라는 선생님의 넓은 품이 참으로 멋있게 느껴졌다.

　첫 학교, 나의 첫 부장님은 세 번째 학교에서 또 만나 근무를 함께하였고, 작년에 평교사로 정년퇴직하셨다. 신규인 나를 배려해 주셔서 업무도 차근히 알려주시고, 맛있는 음식도 많이 사주셨다. 퇴직 전까지 평교사로 근무하면서 담임 일이나, 업무에 소홀함이 없으셨다. 또한 수업도 열정적으로 하셨으며, 경력이 많다고 권위를 내세우지도 않으셨다. 정년이 얼마 남지 않아 교사로서의 모든 열정을 잃고 마지못해 출근하는 선배 교사들도 있지만, 그 와중에 평교사로 끝까지 성실하게 교직 생활을 마무리하신 선배 교사를 만날 수 있어 참으로 다행이라고 생각한다.

하마터면 이것도 모르고 교사로 살 뻔했다

만남과 이별의 반복 속에서

2003년. 후배 교사가 들어왔다. 그녀도 홀로 신규 발령을 받았다. 같은 교무실에서 근무하게 되었고, 나이도 같아 우리는 급격하게 친해졌다. 선배 교사들로부터 받은 관심과 배려를 기억하고, 내 나름의 최선을 다해 학교 적응을 도와주려고 애썼다. 그런 마음을 알아서인지 우리는 죽이 잘 맞았고, 즐겁게 학교생활을 하였다. 관계가 깊어져 여름방학에는 함께 유럽 여행을 계획하여 3주간의 여행도 큰 갈등 없이 다녀오게 되었다. 2년 만에 새로운 학교로 이동하게 되어 비록 1년만 같이 근무하였고, 그 친구도 광명으로 발령이 나면서 소식이 뜸해졌다. 하지만 몇 년이 지나 안부 전화를 하더라도 어제 본 친구처럼 자연스럽고 편하게 얘기할 수 있는 사이임을 확신한다.

2004년. 새로운 학교에 발령받아 역시 동갑 동료를 만났다. 만난 지 몇 시간 만에 어색하게 존댓말을 썼던 동료에서 바로 친구가 되었고, 이 친구는 지금까지 가까운 곳에서 살면서 깊이 교류하는 절친이 되었다. 친구는 따뜻하게 주변 동료들과 학생들을 챙기는 데 탁월했다. 이 친구의 온정과 사람됨을 가까이에서 지켜보고 몇 년 후 나는 오래된 나의 남사친을 소개해 주었다. 다행히 둘은 너무나 잘 맞았고, 머지않아 결혼을 하였다. 그 부부와 우리는 아주 가까이 살며 모든 것을 공유하는 사이가 되었다.

2008년. 세 번째 학교에 발령받았고, 5년을 꽉 채워 근무했다. 결혼은 했지만, 아이가 없던 시절이라 자격은 안 되지만 처총회에 들어가서 여러 젊은 선생님들과 교류하였다. 또한 육아하는 선생님 그룹에 들어가서도 깊은 관계를 맺었다. 마침, 학교 주변으로 이사를 가서, 동네에 사는 선생님들과도 자주 만남을 가졌다.

처총회 동료들과는 방과 후, 휴일, 방학이면 삼삼오오 모여 즐겁게 놀았다. 방과 후에 같이 스포츠댄스, 우쿨렐레, 요리 수업 등 다양한 활동을 하였고, 매번 방학 때마다 여행도 하였다. 지금은 모두 새로운 발령지로 흩어졌지만 여전히 연락하며, 자녀들까지 데리고 대규모로 모임을 갖기도 한다. 이 시절 학생들의 사건 사고로 모두 어려운 시기를 보냈지만, 동료 교사들과의 즐겁고, 유쾌한 만남이 있었기에 힘든 과정을 잘 견딜 수 있었다고 생각한다.

나보다 연배가 있었던 육아그룹과 동네 선생님 그룹과는 자기 돌봄 연수를 들으며 깊은 관계를 맺었다. 오프라인 연수를 함께 참여하여 인생에서의 상처, 가족 안에서 받은 아픔, 육아에 대한 고단함 등을 깊이 있게 나누고, 공감해 주는 시간을 가질 수 있었다. 그때의 깊은 나눔이 있어서인지 지금도 진행되고 있는 가족 안에서의 어려움, 상처 등을 이야기하며 서로 위로하며 지내고 있다. 한 선생님은 암 투병 중이지만, 아픈 몸을 숨기지 않고 함께했던 동료들에게 자신의 상태를 정확하게 알려주고, 심리적으로 어려운 부분들을 나눠준다. 그때 함께했던 선생님들은 아픈 사람에게 어떻게 다가가야 할지 어려워 뻘쭘하게 있기보다는 적극적으로 상태를 물어봐 주고, 위로해 주며 여전히 돈독한 관계를 맺고 있다. 힘들고 어려울 때 있는 그대로 나의 모습을 보여주고, 도움도 요청할 수 있는 동료가 있어 참으로 다행이다.

　세 번째 학교에서 네 번째 학교로 옮길 때는 서로 헤어지는 것이 아쉬워 9명의 선생님이 모임을 만들었다. 매달 2만 원씩 회비를 내서 정기적으로 만나고, 맛있는 것도 사 먹고, 여러 문화행사도 즐기자는 취지로 만들었다. 모임을 제안한 부장님은 돈을 모아야 오래 모이게 된다고 하셨는데, 그 말이 딱 맞았다. 10년도 넘게 모임이 유지되고 있고, 정기적으로 모여 온갖 다양한 경험을 함께하고 있다. 9명 중 두 분은 명예퇴직을 하셨고, 7명은 각기 다른 학교에서 근무하며 정기 모임 때 여러 새로운 소식을 전해 주신다. 가족의 경조사에 함께 참석하고, 기쁘고 슬픈 일이 있을 때 함께 웃고 우는 사이가 되었다. 모임의 총무인 나에게는 고생이 많다며 연신 고마움을 표시해 준다. 첫아이를 낳았을 때는 서프라이즈 선물도 준비해 주었고, 나 또한 그런 선생님들에게 감사한 마음으로 맛있는 음식과 새로운 문화생활을 즐길 수 있도록 열심히 인터넷 검색을 한다. 매달 회비가 자동이체가 되는데 아마도 이 모임은 20~30년은 더 유지될 것 같다.

2013년. 네 번째 학교에 발령을 받았다. 중학교에서 고등학교로 옮겼는데 새로운 사람들을 살뜰하게 챙기는 분위기는 아니었다. 그 전 학교에서는 나이대가 비슷한 동료가 많았지만, 이번 학교는 고경력자들이 많았다. 교직원 수도 많아 누가 새로 왔는지 알기 어려웠다. 마침 신규 교사 2명이 발령을 받아 들어왔고 내가 신규였을 때 챙겨주신 선배 교사들처럼 밥도 사주고, 같이 놀러도 많이 다녔다. 신규 교사 중 한 명은 다섯 번째 학교에서 또 만났는데 나보다 4년 먼저 그 학교에 발령받아 근무하고 있었다. 그때 나는 5년간의 긴 육아 휴직으로 신규나 다름없는 상태였다. 그 친구는 공백기가 길었던 나를 위해, 새 학교의 프로그램, 2월에 준비해야 할 것들을 세세하게 챙겨주었고, 코로나로 인해 생긴 온라인 수업과 관련된 정보들을 차분하게 알려주었다. 그 친구 덕분에 새로운 학교에 잘 적응할 수 있었고, 처음 맡게 된 고3 담임 업무도 수월하게 할 수 있었다.

내가 첫째를 임신한 시기에 둘째를 임신한 선생님이 같은 교무실에서 근무하고 있었다. 같은 시기에 임신하고 아이를 낳게 되어 육아의 고충을 함께 털어놓고, 아이들의 발달 상황도 공유하며 급속하게 친해졌다. 그 선생님에게 아이 옷과 장난감도 많이 물려받았고, 해외직구의 달인이라 육아용품도 저렴하게 살 수 있도록 도움을 많이 받았다. 자신보다 나이가 많 건, 적건 먼저 밥을 사고, 선물하고, 베풀 줄 아는 넓은 품을 가진 선생님 덕분에 두 아이를 낳고 휴직을 하면서 9년간 머문 네 번째 학교에서 좋은 관계를 맺으며 행복하게 학교생활을 할 수 있었다.

　2022년. 5년간의 육아 휴직을 끝내고 다섯 번째 학교에 발령받았다. 구 리 남양주에서만 23년을 근무하다 보니, 새로운 학교에 가도 건너 건너 아 는 사람들이 많았다. 앞서 언급한 네 번째 학교에서 만나 친하게 지냈던 신규 선생님도 있었고, 구리 남양주 한문 발령 동기 선생님과 절친인 선생 님들도 두 분이나 계셨다. 두 번째 학교에서 만난 부장님은 교감 선생님이 되어 있었다. 새로운 학교이지만 아는 사람들이 많다 보니 금방 적응하게 되었고, 안정감을 가지고 새 학기를 맞이할 수 있었다. 두 아이의 출산과 육아로 9년간 비담임으로 중앙 교무실에서 업무만 하다가 고3 교무실에서 담임 선생님들과 근무하다 보니 교무실 생활이 참으로 재미있었다. 대입 상담을 하며 늦게까지 남아 있어도, 함께 저녁 먹고, 산책하다 들어와서 일하는 재미가 쏠쏠했다. 5년간 육아만 하다가 와서인지 그전에는 지겹기 만 하고, 힘들었던 일들이 새롭게 보였다. 육아 휴직이긴 했지만, 학교에 서 벗어나 환기하고 온 것이 학교생활에 활력을 불어넣은 것임이 분명했 다. 또한 선생님들과 학년교무실에서 바쁠 때 밤늦게까지 함께 일하고, 여 유가 있을 때 함께 바람을 쐬러 다닐 수 있어서 결속력도 강해지고, 깊은 관계를 맺을 수 있었다.

학교는 매년 새로운 선생님이 오시고, 친했던 선생님과 이별하는 게 되풀이된다. 이별은 너무 아쉽지만, 새로운 만남은 기대가 된다. 대부분의 선생님은 사랑과 애정을 가지고 교육을 하는 사람들이다 보니 따뜻하고, 서로를 챙겨주는 사람들이 많은 편이다. 23년 동안 많은 선생님을 만났고, 그 중 친하게 지금까지 인연을 맺고 있는 선생님들이 참 많다. 나는 사람 부자다. 사람 부자라서 든든하고, 기댈 수 있으며, 어떤 어려움이 와도 도와줄 사람이 있다는 안정감이 있다. 좋은 사람들을 많이 만나서 관계할 수 있는 교사라서 참 좋다.

3

단 한 명이라도 좀 더 나은 인생을 살 수 있다면

매년 만나는 학생들은 나의 좋은 선생이자, 자극제이며, 소중한 인연이다.

2002년. 신규 교사로 발령을 받고 중1 담임이 되었다. 모든 것이 어설펐던 그 시절. 그래도 아이들은 신규 여선생님을 좋아해 주었다. 대다수의 학생이 정말 죽어라 말을 안 들었지만, 수업 중 너무 열 받아서 교실에서 나가버린 선생님을 위로한다고 몇몇 여자아이들은 교무실에 찾아와 나를 달래주기도 하였다. 열정과 애정이 많았던 시절이라 아이들은 고스란히 나의 사랑을 받아주었고, 헤어질 때는 눈물을 흘리며 안타까운 이별을 하였다.

2022년. 수능 감독을 하면서 20년 전 첫 제자를 만났다. 나의 이름을 조심스럽게 물어보는 예쁘장한 선생님을 마주한 순간, 우리는 너무 반가워 얼싸안았다. 그 귀엽던 중1 여자아이가 어느덧 교사가 되어 내 눈앞에 서 있었다. 그 당시 그 친구와 함께 다녔던 친구들의 소식을 들으니, 모두 결혼하여 아기를 낳고 육아 중이라고 하였다. 늦게 결혼하고 늦게 아이를 낳은 나와 육아 동기였다. 너무나 보고 싶은 얼굴들이었기에 전화번호를 교환하고 만남 약속을 가졌다. 멀리서 살고 있는 제자도 있었지만, 모두 시간을 내어 서울에서 20년 만에 만남을 가졌다. 눈물이 났고, 그간 어떻게 지냈는지 얘기하느라 시간 가는 줄 몰랐다. 밖에서 스쳐 지나가다 만나면 몰라볼 정도로 아름답고 성숙해진 제자들을 보며 뿌듯하기도 했고, 20년 전의 나를 좋은 선생님으로, 마음속으로 기억하고 살고 있다는 말에 눈시울이 붉혀지기도 했다. 나이가 들고, 경력이 쌓일수록 아이들에 대한 애정이 조금씩 떨어지고 있다는 것을 느끼는 시점에 제자들을 만나고 나니, 그때의 열정이 되살아나는 것 같았다. 20년 전의 제자와의 만남은 나에게 큰 힘이 되었고, 내가 만나는 학생들에게 더욱 애정을 쏟게 하는 자극이 되었다.

2005년. 두 번째 학교에서 그 무서운 중2 담임을 맡았다. 아이들은 너무나 말을 안 들었는데, 특히 반장이 제일 말을 안 들었다. 반장 복이 있으면 일 년이 편한데, 반장부터 말을 안 들으니 죽을 맛이었다. 반장부터 삐딱하게 구니, 모든 아이가 덩달아 삐딱하게 굴었다. 1년을 버티다 아이들을 겨우 3학년으로 진급시켰다. 미운 반장으로 기억하던 그 친구가 고3이 된 해 스승의 날 때 문자를 보냈다. 선생님을 오랫동안 기억하고 있으며, 자신이 중2 때 사춘기를 심하게 겪어 선생님을 힘들게 해서 죄송하다는 문자였다. 정말 기분이 묘했다. 정말 정말 미운 아이였는데, 자기 잘못을 얘기하며 나를 좋은 선생님으로 기억하고 있다는 말을 들으니, 중2 때 아이들은 역시나 뭔가에 홀려 있고, 시간이 지나면 차츰 안정되면서 성숙해진다는 것을 그 아이를 통해 알게 되었다. 반장은 그 후로 매년 스승의 날이 되면 안부를 묻는 문자를 보냈고, 성인이 된 후에는 만나서 밥도 같이 먹고, 사는 이야기도 들으면서 지내는 사이가 되었다.

23년 동안 만난 아이들은 수도 없이 많지만, 아이들과의 인연을 통해 배운 바를 얘기하고 싶다. 중1 담임을 맡았을 때, 2학기부터 학교에 나오지 않는 여자아이가 있었다. 조용한 아이였고, 특별한 점이 없었는데, 2학기 때부터 학교에 나오지 않았다. 개인 승용차가 없어 버스를 두 번 갈아타고 가정 방문을 갔다. 부모님 모두 맞벌이를 하고 계셔서 딸을 돌볼 시간적인 여력도, 상담을 보내야 한다는 정보도, 아이를 방 안에서 나오게 할 뾰족한 방법도 없었다. 나는 겨우 아이의 얼굴만 보고 잠깐이지만 편해질 때 학교에 나오라는 말만 하고 돌아섰다. 아이가 집에 잘 있는지 부모와 지속적으로 확인하고, 가끔 아이와 통화를 하며 시간을 보냈다. 진급을 위한 수업일수가 부족해질 때쯤 아이는 간간이 학교에 나왔고, 겨우 2학년으로 진급을 하였다. 그 아이는 방에만 있는 이유를, 학교에 오기 싫은 이유를 전혀 얘기하지 않았다. 답답하지만 기다렸다. 2학년이 되어 띄엄띄엄 학교를 오더니, 2학기 때는 언제 그랬냐는 듯이 학교에 왔고, 3학년 때는 결석 없이 학교를 잘 다니다가 졸업했다는 얘기를 전해 들었다. 학교에 안

나온 이유가 무엇이었고, 어떤 계기로 다시 학교에 오게 되었는지 아직도 모른다. 그저 기다렸고, 아이가 안전한지 확인만 했지만, 아이는 다행히도 스스로 방에서 나왔다. 이 일로 아이와 대화하고, 어려움을 해결해 주기 위해 최대한 노력은 해야겠지만, 아이 스스로 일어날 수 있음을 믿고 기다려주는 것도 무엇보다 중요함을 깨달았다. 당장 해결하고 싶은 욕구가 치솟고, 흥분해서 정신을 못 차리는 아이를 이 자리에서 잘못을 뉘우치게 만들고 싶은 마음으로 가득 찰 때가 한두 번이 아니다. 하지만 다음 날이 되면, 일주일이 지나면 마음이 누그러져 있고, 먼저 와서 죄송하다고 사과하고, 1년 후에는 작년과 전혀 다른 모습으로 변해 있는 아이들을 보면 당장 해결도 필요하지만, 기다림도 무엇보다 중요한 교사의 미덕이라는 것을 깨닫게 되었다.

중2, 남학생이 상담을 하러 왔다. 부모님과 살기가 너무 힘들다며 청소년 쉼터에 가고 싶다고 하였다. 집에서 살기 힘드니, 청소년 쉼터에 못 가면 가출을 하겠다고 하였다. 학생에게 부모님의 구타가 있는지, 언어폭력이 있는지 물어보았지만, 구체적인 답변은 없었다. 청소년 쉼터에 대한 정보를 알아보았고, 자신을 그곳에 갈 수 있게 도와달라고 하였다. 학생과 부모님께 양해를 구하고 가정 방문을 하였다. 부모님 두 분이 모두 계시고, 집은 깔끔했다. 겉으로 보았을 때 아이에 대한 구타 흔적을 찾을 수는 없었다. 아이가 집을 떠나고 싶어 하는 이유에 대해 짐작이 되는 부분이 있냐고 물어보니 답답해만 하시고, 구체적으로 말씀하시지는 않으셨다. 말하기 어려운 가족의 속사정이 있으리라. 부모님에게 아들을 단기간이라도 청소년 쉼터에 보내보자고 설득하였다. 부모님은 처음에 반대하셨지만 결국 아들이 가는 것을 허락해 주셨다. 마침 가까운 쉼터에 내가 아는 지인이 있어 학생을 맡기며, 잘 돌봐달라고 부탁드렸다. 아이는 쉼터 생활에 잘 적응했고, 쉼터에서 학교에 다니며 중3 생활도 잘 이어나갔다. 아이는 자신의 살길을, 숨을 쉴 방법을 알아냈고, 중3 때는 집으로 돌아와 무사히 중학교를 졸업했다. 학생과 부모 사이에 좁혀지지 않는 거리가 있는 경우가 매우 많다. 생활지도를 하다 보면 가정사를 깊이 알게 되는 경우도 생기고, 학생을 설득해야 할 때도, 부모를 설득해야 할 때도 있다. 쉼터에 가서 살겠다고 도와달라고 찾아온 제자의 경우, 학생에 대한 믿음과 신뢰가 있었다. 열 받는다고 가출하지 않고, 자신이 살 수 있는 장소를 찾아내 도와달라는 요청을 해오는 아이를 보며 부모님을 설득해야겠다고 생각했다. 학교에 있으면 앞뒤 돌아보지 않고 막무가내인 학생들도 정말 많다. 손쓸 도리도 없을 정도로 상처를 받아 다가갈수록 더 밀어내는 학생들도 많다. 포기를 해야 할 때도 솔직히 있다. 하지만 선생님의 조언과 지도를 깊이 받아들이는 학생들도 많으며, 조금의 관심과 도움이 큰 변화를 일으킬 때도 있다. 단, 한 명의 학생이라도 나의 도움으로 좀 더 나은 인생을 살고, 성장한다면 교사로서의 삶을 잘 살고 있다고 생각한다.

4

좋아하는 것들과의 인연

공람함에 매일 공문이 쌓여 있다. 하나씩 살펴보면 교사 동아리, 취미 활동을 안내하는 공문이 많이 있다. 스포츠댄스 연수, 서핑 연수, 스키 연수, 역사 문화탐방, 교사 뮤지컬 동아리, 오케스트라 동아리 등 관심 있는 취미 활동을 하고 싶다면 연수를 신청하거나, 동아리에 가입해서 정기적으로 모임을 가지면 된다. 관심을 두고 좋아하는 취미 활동을 하다 보면, 같이 하는 선생님들과 더욱 돈독해지고, 반복되는 일상에서 벗어나 환기도 되며, 삶의 여유를 찾을 수 있게 된다. 또한 나의 관심사, 취미가 비슷한 학생들을 만나게 되면 은근히 마음이 통하고, 대화의 소재가 많아지며 더욱 친숙해지는 것을 느낄 수 있다.

스포츠댄스

겨울방학, 교사 스포츠댄스 연수를 친한 선생님과 같이 참여했다. 짧은 기간에 자이브, 차차차, 왈츠를 후루룩 배우고, 심화 연수까지 진행하려고 했으나 일정이 맞지 않아 더 이상 진행하지 못했었다. 몇 년 후 새로운 학교에서 선생님들과 마음이 맞아 동네 스포츠댄스 학원에 등록하여 주 3회 이상은 같이 모여 춤을 췄다. 춤을 추면서 건강 관리도 하였고, 학교에서 받은 스트레스를 풀었다. 여성들만 있었지만 서로 파트너가 되어 합을 맞추어 춤을 추니 더욱 재미있었다. 자연히 모여서 얘기하는 시간도 많아지고, 학교에서 힘든 일이 있을 때 바로바로 이야기하면서 위로받고, 공감받을 수 있었다.

몇 개월 후 같은 학교 학생이 학원에 등록하였다. 취미로 시작하였는데, 엄청나게 빠른 속도로 배우더니 스포츠댄스 선수의 길을 가고 싶다고 하였다. 조용하고 과묵한 편인 학생이었으나 학원에서 적극적으로 선생님들을 가르쳐주기도 하였고, 학교에서 만나면 친근하게 다가와 스포츠댄스 이야기를 함께하기도 하였다. 나날이 향상되는 학생의 실력을 보는 재미도 있었고, 손을 잡고, 함께 눈을 맞추며 동료들과 춤을 추었던 기억이 참으로 따뜻하게 남아 있다.

스키

매년 겨울이 되면 스키 연수 공문이 온다. 스키라는 스포츠는 접근하기 어렵다고 생각했는데, 연수 덕분에 편하게 스키를 배울 수 있었다. 스키장과 가까운 학교에 근무할 때였다. 학생 대상 겨울방학 스키 강습 프로그램이 있었는데, 교직원도 참여할 수 있었다. 신청한 학생, 선생님들과 5일간 집중 교육을 받았다. 확실히 학생들이 빨리 배웠고, 학생들의 활강하는 모습만 봐도 산교육이 되었다. 부모님이 스키 대여점을 운영하셔서 스키장을 동네 놀이터 오듯이 매일 오는 학생도 있었다. 강습받는 담임, 교과 선생님들에게 조언도 많이 해 주었고, 개학하고 나서는 한동안 겨울방학 동안의 스키 강습 이야기로 꽃을 피웠다.

이 연수를 시작으로 다른 학교에 가서도 한동안 겨울이 되면 스키를 함께 타고 싶은 선생님들을 모아 스키장에 같이 다녔다. 1년 동안 인사만 하고 지내던 선생님과도 겨울에 함께 스키를 타며 친해졌고, 스키 강사 못지않은 실력을 갖춘 체육 선생님의 일대일 맞춤 지도 덕분에 상급자 코스까지 가보는 경험을 해 보기도 하였다. 직장동료들과 취미를 공유하고, 함께 즐기는 맛이 참으로 좋다는 것을, 스키를 함께 타면서 진하게 느낄 수 있었다.

등산

등산은 나의 친한 친구들과 많이 간다. 산에 가면 사계절의 변화를 몸소 느끼고, 자연의 아름다움에 매번 감탄하게 된다. 땀을 뻘뻘 흘리며 올라가다 보면 몇 주간 쌓인 스트레스가 사라지고, 정상에 올라 아래를 내려다보면 나의 존재, 인간의 존재가 한없이 작게 보인다. 거대한 자연 앞에서 내가 가진 고민은 티끌만큼 작아지는 것이 느껴지며, 아등바등 지냈던 일상을 되돌아보고 좀 더 편안하게, 길게 바라보자는 다짐을 하게 된다. 긴 산행길에서 함께 가는 사람과 이런저런 이야기를 하고, 전망이 좋은 바위에 앉아 파란 하늘과 먼 곳을 바라보면 답답하고 막힌 것이 뻥 뚫리는 느낌을 받는다. 친구들과 전국의 유명하다는 산은 다 가본 듯하다. 봄 철쭉이 아름다운 한라산 영실코스, 시원한 계곡이 있는 여름의 지장산, 가을 단풍이 알록달록한 내장산, 겨울 눈으로 덮이는 태백산까지 계절별로 특색 있는 산에 계절이 바뀔 때마다 적극적으로 찾아다닌다. 산에 다녀오면 몸은 조금 피곤하지만, 마음은 한결 가벼워지고, 복잡한 심경이 정리되고 편안해지는 것을 느낀다. 자연의 아름다움과 웅장함이 인간에게 주는 치유력은 확실히 있는 것 같다. 숲속의 맑은 공기를 한껏 마시고 온 다음 날 월요일에는 아이들에게 좀 더 여유롭고, 업무의 무게를 다소 가볍게 느끼는 나를 발견하곤 한다. 한 주간의 피로에 굴복되어 누워만 있고 싶은 유혹을 떨쳐내고, 산에 일단 오르면 항상 잘했다고 생각하게 된다. 등산이 주는 활력의 힘을 믿기에 나는 또 산에 오른다.

첼로

결혼 직후, 처녀는 아니지만 처총회 선생님들과 함께 여러 악기를 배우러 다녔다. 주말에 백화점 문화센터에서 우쿨렐레도 배웠고, 방과 후 학교 앞 피아노 학원에서 피아노와 플루트를 배우기도 하였다. 기타를 조금 배우다 바이올린을 시작했고, 묵직하고 부드러운 첼로 소리에 끌려 첼로를 접하게 되었고, 지금까지 레슨을 받으며 첼로 연습을 하고 있다. 부족한 실력이지만 오케스트라에 들어가 매주 합주하며 조금씩 연주 실력을 향상시키고 있다. 공문을 통해 성남과 일산에 교사 오케스트라가 있다는 것을 접하고 참여를 해 보려고 하였으나 이미 활동하고 있는 오케스트라와 병행하는 것은 무리가 있을 것 같아 아쉽지만, 포기를 하였다. 매주 금요일, 일주일의 피로가 겹겹이 쌓인 저녁이지만 오케스트라 합주를 하며 마음의 여유를 찾고, 온전히 음악에 집중하는 시간을 갖는다. 아름다운 하모니를 이룰 때면 전율이 일기도 하고, 풍성한 감흥에 빠져들기도 한다. 음악과 함께하는 이 시간은 나에게 힐링의 시간이며, 마음의 정화가 이루어지는 시간이다. 첼로와의 인연이 이렇게 길게 이어질지는 몰랐다. 첼로 덕분에 오케스트라 활동을 하게 되었고, 오케스트라 덕분에 음악의 힘을 매주직접 체험하고 있다. 나에게는 작은 꿈이 있다. 학교 학생들, 동료 선생님들과 앙상블을 만들어 등굣길 아침맞이 연주를 하는 것이다. 아직 많이 부족한 실력이지만, 함께할 수 있는 학생들과, 선생님들을 만날 날을 기대하며 실력을 열심을 갈고닦으며 소망하는 것을 이뤄보고 싶다.

행복한 교사를 위한
동아리, 연구회, 연수 꿀정보

마음 맞는 사람들과 소통하고, 함께 취미생활을 하는 일상은 참으로 행복하다. 방과 후 동료 선생님들과 만나 교류하고, 스트레스를 풀고, 힐링을 할 수 있는 각종 취미동아리, 연구회, 연수프로그램을 소개한다. 에듀파인 문서함에서 해당 키워드를 검색하면 각종 정보를 얻을 수 있다. 대부분 담당 교사 연락처가 기재되어 있고, 문의를 하면 입단 및 정보 등을 안내받을 수 있다.

• **음악**

경기교사합창단

경기에듀오케스트라 연구회

경기교사필하모닉오케스트라

• **스포츠**

교직원 라인댄스 자율동아리

경기도교원골프연구회 동계 해외연수

전국 교직원 스키 및 스노우보드 수준별 자율연수

전국 교사를 위한 스킨스쿠버/서핑윈드서핑 수준별 실기 연수

경기학생스포츠센터 교사 대상 일상 속 필라테스 원데이 클래스

• 심리 · 정서

교직원 마음 건강 증진사업 실시

진안고원 힐링 아카데미 교육생 모집

교직원 체험 및 힐링프로그램 참여 알림

교원 마음회복 '휴(休) 하나' 프로그램 신청

'청현에 머물다' 문화예술힐링 STAY 프로그램 초대

경기동부교권보호지원센터 교원 심리 · 정서 지원 프로그램 운영

경기도뇌교육연구회 11월 러브마이셀프 해피로드 맨발걷기 명상여행

• 문화 · 예술 · 역사

인문학 향상 과정 연수 안내

강화역사문화체험 교원 직무연수 안내

한일 학술문화 교류사업 방일 교원단 선발 계획 안내

부산의 해양역사문화체험 아카데미 연수과정 교육신청 안내

경기학교예술창작소 교원 대상 예술교육 오픈 클래스 직무연수 안내

한국문화예술교육진흥원 종합교육연수원 초중등교원 대상 직무연수 안내

다문화 학생과의 소통을 위한 학교생활 중국어·베트남어(심화1기) 연수 신청 안내

하마터면 이것도 모르고 교사로 살 뻔했다

- **교육연구회**

경기도뮤지컬교육연구회 연구위원 모집

경기도중등독서교육연구회 '함께 배움, 같이 성장' 참여 안내

교육연구회(보드게임활용교육연구회) 공개 연구회 및 네트워크 활동 안내

경기도 영미문학(문화)교육연구회 신규 및 저경력 교사 멘토링 운영 안내

이영숙

시작

천천히 함께 멀리

긴장되고 막막했던 30년 전의 나에게
그리고 오늘 내 옆의 신규 선생님에게

교사 성장 HIDDEN TIP

너무 늦게 알아서 아쉬운 것들

1

발령 3일 차 그녀

　지난 계절의 찬란함을 잊어버린 듯 썰렁한 운동장 구석에 조용히 자리를 지키고 있는 나무는 뿌리부터 줄기는 물론 가지 끝까지 분주하다. 손을 호호 불며 먼지 쌓인 2월의 교실로 들어서는 내 모습 같다. 연구실에 가서 세 개의 스위치를 켠다. 난방, 전기, 커피포트! 더운 김을 뿜어내며 물이 끓는 3분과 오늘 일정을 그리며 마시는 커피는 언제나 소중하다.

　교직원 연수에 이어서 부장 회의, 학년 부장 교육과정 연수, 개학 전까지 할 일들을 확인하고 1년 살림을 위한 동학년 협의를 마치고 나니 4시다. 이제 본격적으로 시작해볼까? 컴퓨터 앞에 고쳐 앉아 손가락을 풀어본다.

　"똑똑"

　조심스레 열리는 문. 이번에 발령받은 신규 선생님이다.

　"부장님 아까 말씀하신 담임 인사말이랑 교실 환경 어떻게 해야 하는

지……?"

멋진 그녀다. "진정한 용기는 모르는 것에 대해 질문하고, 더 나은 방법을 찾기 위해 실험하는 데 있다"라고 파커 파머도 말하지 않았던가. 질문하는 용기를 가진 사람은 언제나 환영이다.

"아! 잘 오셨어요. 제가 설명이 부족했지요? 여기 앉으시겠어요?"

자세를 고쳐 앉고 책상 옆의 방문객 전용 의자를 끌어당겼다. 물 만난 물고기처럼 나도 모르게 TMI를 술술 풀었다.

"담임 인사말 작성은

선생님의 교직관과 교육철학, 학급 운영 방향, 학부모에게 부탁할 내용, 소통 방법 등을 한두 페이지에 담아서 작성하면 된답니다. 학부모에게 부탁할 내용은 쓱 훑어보아도 눈에 쏙 들어오게 굵고 크고 핵심만 담아 표에 넣으면 좋아요.

교실 환경은

아이들이 교실에 들어설 때 첫인상이 중요해요. 설렘 반 두려움 반으로 교실에 들어설 테니 따뜻하고 환영받는다고 느낄 수 있게 아이들의 이름표를 화사한 디자인으로 책상에 붙여주세요. 간혹 교실을 잘못 찾아오는 일도 있으니 뒷문과 칠판에 학급 명렬표를 붙여주세요. 교실 환경을 깔끔하고 아늑하게 정리해야 해요. 첫날 사용할 학습지와 자료들은 바구니에 담아 준비해 두세요. 색연필, 사인펜, 네임펜, 풀, 여분의 연필도 준비해서 바구니에 담아 교실 옆 책장에 두면 좋아요. 환경판도 정리하고 책상도 배열하고 명단도 작성하고 학습지도 준비하다 보면 아직 만나지 않은 아이들 이름도 점점 익숙해질 겁니다. 모든 것을 혼자 다 찾고 만들기에 2월은 너무 바쁘니 처음엔 도움을 받아도 됩니다. 나중에 후배들에게 돌려주면 되니까요. 일단 제가 사용하는 것들을 메신저로 다 보내드릴게요. 드리는 자료에 선생님의 아이디어를 더하시고 서로 의견을 나누면서 개선해나갈 수 있으면 좋겠어요.

첫날에는

교실 앞 학급 표찰에 붙여놓은 반 표시와 이름을 확인하고도 머뭇거리고 두리번거리는 아이들이 있어요. 복도에서 맞이하면 더욱 좋고 교실에서라도 아이들이 들어오면 한 명 한 명 따뜻하게 맞이하고 자리를 알려주세요. 학교마다 해마다 조금씩 다르지만, 올해 우리 학교 개학일 1교시는 방송으로 개학식과 교사 소개를 하고 담임이 준비하는 수업은 3차시입니다. 담임 교사와의 시간에 새 학년이 된 감정 나눔을 시작으로 써클 활동을 하는 것은 서먹함과 불안을 많이 줄여줍니다. 써클 활동 중에 종이비행기에 올해의 소망과 목표를 써서 날리고 다른 친구를 통해 나의 소망과 목표를 듣는 활동도 좋았어요. 아이스 브레이킹 활동으로 서로 이름과 얼굴을 익히고 사진을 찍기도 합니다. 그리고 아이들의 특성이 드러날 수 있도록 구성한 자기소개서를 작성하게 하면서 차분하게 관찰합니다. 말을 많이 하기보다 말의 신뢰와 무게에 집중하세요."

열심히 메모하며 듣던 그녀가 시계를 본다. 아차차 혼자 신나서 너무 나갔구나. 이러다 30년간의 365일을 하루하루 설명하겠구나. 그래도 아직 중요한 이야기가 많이 남아 있는데…….

"선생님 퇴근하셔야지요? 간략하게라도 1년 흐름을 아시면 도움이 될 거 같은데 제가 메신저로 남겨둘 테니 천천히 읽어보시고 궁금한 건 언제든 연락 주세요."

교실을 나서는 그녀의 뒷모습에서 긴장되고 막막했던 30년 전의 내가 떠올랐다. 그날의 나에게 그리고 오늘 내 옆의 신규 선생님에게 하고 싶은 이야기를 정리해 본다.

2

3월의 교실, 설렘의 시작

3월은 긴장되지만 설레는 날들의 연속이다. 아이들에게 해주고 싶고 함께하고 싶은 특색 있는 학급의 방향을 정하는 시작이다. 학급 운영의 첫 단추를 끼우는 이 시기에 꼭 해야 하는 일들은 무엇이며 어떻게 준비하면 좋을까?

3월 초에 학급 규칙 세우기 활동을 많이 하는데 꼭 첫 주에 규칙을 만들 필요는 없다. 학급에서 생활하면서 발생하는 문제들과 불편함을 느낀 부분들이 반영되도록 공지 후 2~3주 정도 시간을 두고 학급 규칙 만들기를 하고, 이후 규칙을 수정하는 것도 아이들이 주도하도록 여건과 분위기를 살려주는 것이 좋다. 우리 반 규칙을 만들 시기도 아이들과 함께 정하고 규칙의 필요성을 느낀 아이들이 자율적으로 규칙을 만들면 책임감 있게 지켜질 수 있다.

교실에서 반복되는 일과는 습관이 되도록 3월 한 달 동안 확인을 하면 좋다. 등교하면 그날 시간표를 확인하여 교과서를 꺼내서 책상 왼쪽에 넣고 색연필, 사인펜, 글쓰기 공책, 복습 노트, 정리 노트는 오른쪽에 넣도록 안내한다. 가운데는 필통, 풀, 가위를 넣어두고 작은 빗자루와 쓰레받기는 책상 옆에 항상 걸어두도록 한다. 청소와 정리에 대한 기본은 자기 주변은 스스로 정리하는 것이므로 자기 자리 근처는 항상 자기가 청소해야 한다. 청소보다 더 중요한 것은 바닥에 쓰레기를 버리지 않는 것이라는 것도 잊을 만하면 언급해주어야 한다.

당번을 정할 때는 아이들이 가능한 요일에 자기 이름을 써서 활동할 요일을 정한다. 각자 자기 자리를 스스로 정리하므로 당번이 할 일이 많지는 않다. 귀가하기 전 15분 정도 교실 정리를 하고 가는 역할인데 요일별로 5명 정도의 아이들이 교사와 좀 더 친밀한 시간을 갖게 되는 것이다. 허브차를 같이 마시기도 하고, 고민 상담을 하기도 한다. 어떤 날은 10분 정도 친구들이랑 놀고 가기도 하고, 학급을 위해 할 일을 찾기도 한다. 이 시간에 아이들 사이의 관계를 파악할 수 있고 속 이야기도 들을 수 있다. 교실 정리 당번이라 쓰고 선생님과의 데이트라고 읽는다.

긍정적인 눈으로 서로의 장점을 탐색하고, 자신과 타인의 긍정적인 면을 찾으려 노력하는 학급은 분위기가 좋을 수밖에 없다. 3월 초에 장점 찾기 활동에 대해 안내를 하고, 친구 사랑의 날에 칭찬카드 쓰는 활동을 권하고 싶다. 처음에는 표현이 서툴거나 다양하지 않을 수도 있지만 따뜻하고 긍정적인 시선으로 자신과 타인을 보려는 노력이 중요하다는 점을 강조하도록 한다. 분기별로 한 번씩 하다 보면 서로의 장점을 찾아 칭찬하는 학급 분위기가 형성되어 학년 말에는 각자 풍성한 칭찬카드를 갖게 된다. 칭찬카드를 쓰는 방법은 먼저 두께가 있는 종이 중앙에 자신의 이름을 크게 쓴다. 그리고 자신의 장점을 3가지 적고 친구들도 이름 주인공의 장점을 3가지씩 적어준다. 1학년은 좀 어려울 수도 있으니 말로 표현하도록 하고, 2학년은 붙임딱지를 활용한 예시문을 줄 수도 있다. 완성된 칭찬카드를 다양한 활동으로 교환하여 친구, 본인이나 선생님이 소리 내어 읽는 시간을 가진다면, 멋쩍어하면서도 당당하게 펴진 아이들의 어깨를 확인할 수 있을 것이다.

학부모총회는 담임의 교육철학과 학급 운영 방향을 설명하고 학부모의 지지와 협조를 끌어낼 수 있는 좋은 기회이다. 학부모총회 자료는 학부모가 궁금해할 내용을 담고, 교사의 전문성과 열의가 잘 드러나게 만들면 좋다. 담임 소개뿐만 아니라 학사일정과 체험학습 일정, 주요한 학급 활동 안내(글쓰기, 독서, 줄넘기, 악기, 준비물 등), 상담 절차, 담임 연락 방법, 협조 사항, 아동 발달 단계와 학년별 특징, 교우 관계 시 주의사항 등을 자세히 안내하도록 한다.

학부모의 교실 입실 시간이 다를 수 있으니 일찍 도착하면 자녀 이름표가 있는 자리에 앉도록 안내하고 학교 방문 시간이 유익하도록 학부모 교육 자료를 준비하거나 자녀에 대한 질문지 등을 준비하는 것도 좋다. 학급 총회 시간이 시작되면 인사를 하고 준비한 자료를 화면으로 보내 설명을 하고 질문을 받으면 된다. 답변을 바로 할 수 없는 경우는 당황하거나 무리하지 말고 학교, 학년과 협의하여 추후 알려드린다고 안내하는 것이 바람직하다. 담임과의 시간이 충분하다면 둥글게 앉아 아이들과 함께하는 써클 활동을 응용해서 진행해도 좋다.

업무포털과 나이스 사용법과 주간학습안내 작성하는 방법도 천천히 익혀나가야 한다. 주간학습 안내문에 준비물을 올릴 때 준비에 시간이 걸리는 것들은 한 달 전부터 공지하는 것이 좋고 늦어도 2주 전에는 안내를 해야 한다. 작은 예로 재활용품을 활용하는 수업에서 준비물 공지가 늦어지면 가정에서는 분리수거일이 지나서 불편한 경우가 생긴다. 학기별·단원별 흐름과 재구성을 염두에 두고 학습준비물과 가정 준비물을 미리 고려하여야 한다. 교실 밖에서 쌓은 신뢰와 협조를 바탕으로 교실에서 신나게 아이들을 가르치며 함께 배워나가는 설렘 가득한 학기의 시작이길 바란다.

여름을 향해

4월에는 동료 공개수업, 학부모 공개수업 외에도 신규 교사의 임상 장학 수업도 있다.

동료 공개수업은 공동 지도안으로 계속 수정해가면서 수업을 할 수도 있고, 학급별로 과목과 차시를 달리 정하는 경우도 있다. 공동 지도안이든 개별 지도안이든 협의를 여러 번 하게 되는데 적극적인 자세로 소통하고 다른 선생님들의 장점을 배워서 교실에서 자신만의 방법으로 수업을 펼치길 바란다.

학부모 공개수업에서는 아이의 사적인 부분이 다른 학부모에게 노출될 수 있는 주제는 고민해봐야 한다. 훌륭한 수업도 중요하지만, 아이나 학부모에게 상처가 될 부분은 없는지 염두에 두고 수업을 계획하면 좋겠다. 평소에도 그렇지만 모두에게 발표 기회가 골고루 가도록 신경 써야 한다.

임상 장학 지도안을 준비하면서 생기는 수업에 대한 고민을 멘토 교사나 부장 교사, 수석 교사, 관리자 등과 나누면 좋겠다. 다양한 의견을 참고

하며 새로운 시각을 가질 수도 있고, 수업 흐름에 대한 확신을 가질 수도 있다. 준비한 수업이 생각처럼 흘러가지 않아 속상할 때도 있겠지만 적극적으로 피드백을 받기를 권한다. 실패에서 배우고, 도전으로 성장할 수 있는 임상 장학이라는 기회를 잘 활용하기를 바란다.

학부모 공개수업 기간이 지나면 대부분 학부모 상담이 시작된다. 상담 주간이 운영되는 경우, 상담과 상담 사이를 너무 빡빡하게 잡지 않는 것이 좋다. 상담 마치는 시간을 알람 설정하고 10분 정도는 마음을 비우고 다음 상담을 위한 마음자리를 준비한다. 좀 깊이 있는 상담이 필요하다고 생각되면 마지막 시간으로 예약을 잡거나 바로 다음 상담은 시간을 비워두는 것이 낫다. 어렵고 문제가 될 수 있는 내용일수록 객관적 사실에 기반하여 전달하고 방향을 단정 짓기보다 질문을 하는 것이 필요하다. 충분히 경청하고, 문제만 꺼내기보다는 장점도 찾아서 같이 언급하는 것이 심리적 저항이 적다. 학부모와 아이와의 관계에서 전달의 오류나 이해와 공감의 문제가 생기지 않도록 상담 관련 연수를 듣거나 공부를 해나가는 것도 좋을 듯하다. 교사가 모든 문제를 해결할 수는 없으므로 나의 책임과 한계를 정해두는 것도 필요하다.

5월에는 어린이날 기념 체육대회, 현장 체험학습 등이 있다.
안전에 대한 사전 교육과 약속을 정하고 친구 사이를 세심히 관찰하여 소외되는 아이가 생기지 않도록 모둠 구성이나 짝 정하기에 더욱 신경 써야 한다. 특별한 날이나 학교 밖에서 소외당하는 기분은 아이에게 상처가 되어 아주 오래 남을 수 있다. 체육대회나 현장 체험학습, 수학여행에서 있었던 일들이 학교폭력의 시발점이 되기도 하니 더 따뜻한 눈으로 동행하길 바란다.

공개수업, 체육대회, 체험학습이 지나고 한숨 돌리려고 하면 어느새 학기 말이 다가온다. 아이들은 점점 야생으로 향해가고, 업무는 폭풍처럼 몰아친다. 여름을 향해가고 있는 신호다. 수업과 생활지도도 벅찬데 메신저는 열어보기가 무섭게 쏟아진다. 그렇더라도 업무 담당자가 보내는 메신저 요청은 잘 확인하여 기간 안에 처리하는 것이 중요하다. 나이스 입력은 담당자가 주는 연수물을 보면서 순서대로 입력하면 된다. 평소에 누가 기록한 것들도 살펴보고 수정을 해야 할 부분도 있을 것이다. 학년 공통으로 맞춰야 하는 시수나 입력 순서 등이 있으므로 알쏭달쏭하다면 학년 부장님이나 동학년 선생님들께 여쭤보고 하는 것이 좋다. 6학급 학교라면 학년군(1~2학년, 3~4학년, 5~6학년) 선생님이나 교무, 연구부장님께 여쭤보면 된다. 학기 말에는 다들 바쁠 수 있으므로 연수물을 보고 먼저 해보고 안 되는 부분을 메모했다가 질문을 하는 센스를 발휘하면 더욱 좋다.

방학 전에는 방학 때 열리는 각종 연수 신청 안내가 공문으로 온다. 여름방학에 신규 교사를 위한 학급 운영에 대한 연수가 열린다면 꼭 신청했으면 한다. 한 학기 동안 좌충우돌해 온 경험이 쌓인 상태에서 연수를 받으면 쏙쏙 흡수되어 2학기는 좀 더 여유롭게 시작할 수 있지 않을까? 원격으로 진행되는 필수 연수도 있는데 방학 때나 개학 초에 들어두면 바쁜 학년 말에 몰아서 듣느라 쫓기는 일을 피할 수 있다.

그리고 긴장되고 날마다 새로웠을 첫 학기를 잘 지켜낸 자신을 위한 휴식과 충전의 시간을 꼭 확보하길 바란다.

4

세심하고 너그러운 관찰자로

1학기에 반복적으로 지도했던 부분들이 리셋되어 돌아오는 기적을 확인하는 개학일. 다시 3월로 가는 듯하지만 1학기보다는 짧은 시간에 우리 반의 색깔로 돌아올 것이니 너무 허탈해하지 않아도 된다. 봄, 여름을 지나면서 아이들이 성장했음을 믿고, 2학기에는 자율성을 조금 더 주고 아이들의 의견을 좀 더 반영하며 교사 개입을 줄여나가는 것이 필요하다. 교사가 주는 자율만큼 아이들이 감당해야 하는 그릇과 책임이 커지는 과정이기도 하다. 2학기의 시계는 대체로 더 빠른 것 같다. 물론 마의 11월을 잘넘겼을 때의 이야기이다. 서로가 더 가까워지고 잘 알게 되면서 오히려 갈등이 많이 발생하는 시기가 바로 11월부터 겨울 방학까지의 시기이다. 작은 감정이나 다툼 등도 잘 관찰하여 충분한 시간을 들여 해소될 수 있도록해야 한다. 자잘하게 여기고 지나온 감정들이 해소되지 않고 누적되어 문제가 되기 쉽기 때문이다. 서로의 장점 찾기나 교실 평화교육, 회복적 생활교육, 마음 챙김 프로그램 등을 상시로 운영하는 것이 도움이 된다. 아이들의 고민에 먼저 다가가는 서비스로 드러나지 않은 갈등이나 어려움을 파악하는 것도 중요하다. 요즘 힘든 점은 없는지, 누구랑 친한지, 선생님께 바라는 점은 없는지, 학교생활의 좋은 점, 하고 싶은 활동, 우울감 척도 등의 내용을 포함하여 질문지를 만들고 필요하면 아이와 학부모님의 동의를 얻어 상담 선생님과 연계하여 도울 수도 있다.

학년 전체에서 가장 공을 들여 함께하는 시간이 2월의 교육과정 계획과 12월의 반 편성이다. 다음 해의 학급 분위기의 절반은 반 편성에서 출발한다고 할 수 있다. 예전에는 시험 성적을 기준으로 나누었는데 요즘은 관계에 더 큰 비중을 둔다. 2년이나 3년 전 아이들의 관계도 고려해야 하니 담임들이 모두 모여서 같이 협의를 해야 하는 부분이다. 우선 학급에서 고르게 안배를 하고 연구실에 모여서 친밀도를 고려하여 이합집산을 시킨다. 포스트잇으로 쓴 이름이 여러 번 이동하기도 한다. 다음 학년 담임이 되어 특정 반을 맡고 싶다는 마음이 들면 다시 조정한다. 어느 반을 맡아도 비슷할 것 같을 때까지 반 편성은 계속된다.

이제 아이들을 보낼 때가 다가온다. 학년 말에는 아이들과 개별 상담을 하면서 겨울 방학 동안의 계획을 듣고 성장하는 방법을 같이 찾아보는 시간을 갖는 것이 중요하다. 한 해를 돌아보며 타임캡슐을 열고 작품 모음집과 칭찬 편지도 나누어준다. 다음 학년에 대한 안내도 이루어진다. 학년

말 나이스 입력은 학기 중 작성해둔 누가기록을 바탕으로 하여 개선 가능성과 긍정적인 부분 중심으로 서술한다. 아이들의 생활기록부 기록을 끝냈다면 이제 선생님의 1년을 돌아보면 좋겠다. 우리 반 아이에게 쏟은 정성과 사랑만큼 선생님 자신에게도 관심을 주고 칭찬을 하면 어떨까? 잘한 부분을 찾아 기록하고 부족한 부분은 채워가며 단단하게 성장하기를 소망한다.

너무 늦게 알아서 아쉬운 것들

교사로서의 길은 끊임없이 배우고 성장하는 여정이다. 수업을 준비하고 학생들과 소통하며, 그들의 성장을 돕는 과정에서 우리는 다양한 도전과 마주한다. 이러한 과정에서 때로는 미처 알지 못했던 작은 팁이나 전략이 나중에 큰 차이를 만들어 주기도 한다. 교직 생활에 작은 도움이라도 되기를 바라는 마음으로 뒤늦게 알게 되어 아쉬운 점들을 나누고자 한다.

1. 기록하기

교실에서 수업하며 겪은 모든 것을 기록으로 남겨두자. 나 자신이 느낀 감정과 여러 가지 고민, 겪었던 시행착오 등 이 모든 것이 나의 자산이 될 수 있다. 생활지도와 학부모와의 소통에서 일어나는 과정들도 기록을 통해 정리되고 나만의 대처 방법을 터득하게 된다. SNS로 기록과 소통을 할 때는 학생과 학부모의 개인 정보가 노출되지 않도록 해야 한다.

2. 질문하고 표현하기

교직 경력 5년 미만의 적응기를 흔히 생존기라고도 한다. 예상치 못한 변수를 만나고 나면 '오늘도 무탈히!'를 외치며 하루하루가 생존투쟁이 되기도 한다. 멀리 보기는 커녕 한 발 한 발 내딛는 것도 벅찰 때가 많다. 멈추지 않고 한 발씩 꾸준히 내딛는 것만으로 충분하다. 대부분의 동료와 선배 교사가 선생님이 느끼는 그 감정을 지나고 있거나 지나왔을 것이기에 괜찮다. 모르는 것, 궁금한 것은 질문하고 어려움은 표현하면 좋겠다. 아이들을 가르치면서 만나는 크고 작은 문제들을 이야기하고 서로의 의견, 경험, 해결방안 등을 나누며 함께 길을 찾아가는 우리는 동료니까.

3. 나를 돌보고 함께 방향 찾기

만나는 아이들을 챙기다 보면 교사의 일상 속 작은 상처는 뒷전이 되곤 한다. 알아차리지도 못하고 눌러둔 사소한 상처들이 쌓여서 나를 집어삼키지 않도록 아이들을 챙기듯 자신의 마음과 상처에도 귀를 기울여주었으면 한다. 아이들에게 하듯이 한 달에 한 번이라도 마음의 대화를 하면서 토닥토닥 응원과 칭찬을 많이 하고 자신을 돌보는 시간을 마련하길 바란다. 스스로를 돌보며 자신을 발견해나가는 동시에, 고민을 나누고 함께 방향을 찾아가는 전문적 학습공동체, 연수나 연구회, 교원단체 활동도 권하고 싶다.

엄성우

이해

함께하는 시간 속에 필요한

탕탕 후루후루 노래하는 너희들,
아름다움과 진리를 이야기하는 나.
다른 관심 속 같은 열정으로 만나다

교사 성장 HIDDEN TIP

경기 교사 연구년
자세히 들여다보기

1

탕후루와 배움의 길

"선생님을 보세요~♬. 집중!!"

"네! 네! 선생님."

순식간에 바르게 앉는 천사 같은 아이들. 떠들던 서진이도 늘 집중하는 서연이도 똘망똘망 선생님을 바라본다.

'음, 되었군.'

'오늘은 아이들이 엄청 호기심을 가질 만한 이야기로 동기 유발하고, 배움 목표를 제시한 후, 활동 1. 2. 3.을 해야지. 헉헉. 어젯밤까지 열심히 준비한 학습지도 풀게 하고. 이렇게 순서대로 하면 이번 주 교육과정 완성. 수학책 87쪽까지 충분히 나갈 수 있겠어. 그러면 학부모 수업 공개 준비 완료. 좋았어! 해보자.'

쉼 호흡.

"자, 오늘은 가장 중요한 두 자릿수 더하기 한 자릿수를 배워 볼 거예요. 이건 엄청 엄청 중요해요. 왜냐하면 단원이 끝나는……. 여기! 여기! 그럼 선생님이 들려주는 이야기를 잘 들어 보세요. 엄청 재밌어요. 수학 나라에 포켓몬이 포켓몬 빵을 22개 샀다가……."

교재를 열심히 연구한 대로, 정말 재미있을 것 같은 캐릭터를 활용하여, 자신 있게 교수학습 모형에 맞추어 열을 올려 설명하고 있는 찰나 교실이 술렁인다.

"선생님, 어제 우리 삼촌 생일이었다요. 그래서 횟집에 가서 엄마 아빠랑 늦게까지 회도 먹고 그사이 우리는 나가서 지연이랑 점보 탕후루도 사 먹었다요. 우리 동네에 새로 생겼거든요."

옆에 짝꿍 리아도 이렇게 말한다.
"와 좋았겠다! 우리 엄마 생일은 6월 7일인데."
(삼촌 생일날과 아무런 연관성 없음. 앞뒤 날짜 아님. 하하)

한쪽에서 얌전히 있던 현준이가 소리친다.

"그 집 탕후루 맛없어!"

그럼 다른 탕후루 맛집 이야기가 나오는 것이 아니라

"다이소 옆에 마라탕 집이 좋아. 나 1.5단계(마라탕의 매운 단계)로 먹어. 우리 형아는 3단계로 먹다가 그날 밤 배탈 났잖아. 2단계로 먹을 수 있는 사람 손~!!"

"야 근데 오늘 급식 뭐 나오지? 아 배고프다. 나 돈가스 먹고 싶은데 맨날 엄마가 아토피 있다고 먹지 말래. 힝–."

순식간에 교실이 술렁이며 여기저기서 탕후루, 생일파티, 친척, 가족, 사촌의 사촌 이야기까지 나오기 시작한다. 갑자기 하나의 주머니에 담을 수 없는 이야기들로 넘쳐나면서 완벽했던 나의 동기유발 시간이 흔들렸다.

'도대체 왜! 갑자기! 이 중요한 [활동1] 시간에! 이 중요한 두 자릿수의 덧셈에! 삼촌 생일 이야기가 왜? 엄마도 아빠도 본인 생일도 아니고 하–.'

결국 나는 수업 시간 중에 수업과 관련 없는 이야기를 하면 될까요, 안될까요로 시작하며, 수업 시간에 지켜야 할 규칙에 대해 학기 초 우리가 스스로 했던 약속을 상기시키며 일장 연설을 시작했다. 생기 있던 아이들의 표정은 선생님에 대한 예의로 진중해졌다. 그렇게 준비한 교육과정과는 관련 없는 기초 생활 규칙에 대해 이야기하던 중, 2교시 수업이 끝나는 종이 울렸다.

아이들은 다시 해맑은 표정으로 자리에서 일어나 아무 일 없다는 듯이, '우리 선생님은 뭘 그리 걱정이 많으실까?' 하는 표정으로 복도로 나간다.

'하. 이번 시간에 87쪽까지 해야 했는데……'
선생님인 나는 애가 탄다. 마음이 급하다. 그리고 다음 국어 수업 학습지를 준비한다.
'도대체 왜 삼촌 생일을 지금 이야기하는 거야? 탕후루는? 마라탕은? 뭐가 중요한지 몰라? 지금 옆 반보다 진도 늦은 거 진짜 몰라?? 휴-'

신혼 초, 남편과 싸울 때나 일상적인 이야기를 나눌 때 서로가 옳다고 우기는 일이 자주 있었다. 서로에 대해 다름을 인정하지 않고 상대방이 틀렸다고 여기고 내 생각이 옳다고 믿었다. 그리고 세상의 검증을 받고 싶었다. 그래서 늘 남편과 대화를 할 때 정말 말이 통하지 않는다고 느꼈다. 울화통이 터져서 길 가는 사람을 붙들고 나의 답답함을 들어달라고 하소연하고 싶었던 적도 있었다. 차마 여론조사 리서치에 맡길 수는 없었다.

그때가 생각났다.
"오빠의 문제점은 뭐가 문제인지를 모른다는 게 가장 큰 문제야. 무엇이 문제인지 잘 생각해봐, 그때 내 마음이 어떻겠어. 그걸 말로 설명해야 알아?"

남편은 내 말에 이렇게 대답했다.

"너의 이야기를 듣다 보면 너는 태어나서 잘못을 해본 적이 없어. 그렇지? 난 항상 죽을죄를 짓는데 너랑 무슨 얘기를 하냐. 우이그-."

'도대체 이 남자라는 사람을 어디서부터 고쳐놓아야 여자라는 사람과 자연스럽게 살아가는 사람이 될 수 있을까?'라고 생각하니 어려웠다. 그때 존 그레이의 책 『화성에서 온 남자, 금성에서 온 여자』가 많은 도움이 되었다.

이처럼 아이들의 언어를 이해하려면 무언가의 도움이 필요하다. 초임 시절 나는 지구별에서 온 어른이었고, 아이들은 잘 모르는 행성에서 온 신기한 사람이었다. 그 행성의 언어를 완전히 이해하기 어려웠다. 이름 모를 행성에서 온 아이들에게는 두 자릿수의 덧셈을 배우는 것보다 삼촌 생일에 먹은 음식들이 더 중요한 일이었던 것 같다.

과거, 멋진 선생님이 되기 위해 교육대학교에서 교육학을 배우고 교육과정을 이해하며 수업 모형에 맞추어 교수학습 지도안을 열심히 만들었다.

그런데 교육대학교 교육과정에 어린이학은 없다. 피아제의 발달이론, 비가츠키의 사회성 발달이론을 달달 외워 피그말리온 효과로 잠재적 교육과정을 잘 활용해야 한다는 이론을 글로 배웠을 뿐. 단계별로 표로 형식화했을 뿐. 그 알 수 없는 행성의 세계에서 온 아이들을 아주 진지하게 연구해본 적이 없었다. 일방적으로 내가 교실 앞에서 해야 할 연극 대사만을 외운 것은 아닌지 돌이켜 본다.

저경력 교사에게도, 베테랑 교사에게도,

교육과정에 대한 연구, 배움의 목표 설정 이전에,

아이들에 대한 온전한 이해 또는 암기가 절실히 필요하다. 40년을 함께하려면.

2

천만 권쯤 읽으면 너를 알게 될까

2003년에 발령받은 후, '어린이'라는 세상을 잘 알지 못한 채 십여 년을 가르쳤다. 당시에는 회복적 생활교육이나 학생 인권에 대한 개념이 없던 시절이라, 나는 교과서를 강조하며 '어떻게 하면 잘 가르칠 수 있을까?, 어떤 교육활동을 해야 아이들이 주어진 목표에 도달할 수 있을까?'에 대해서만 고민했다. 이를 위해 더 나은 활동지를 만들고, 저녁에 인디스쿨(초등 교사 커뮤니티) 오프라인 강의도 다니며, '나는 이렇게 퇴근 후에도 열심히 하는 참 교사야.'라고 스스로 만족하던 시절이 있었다. (그 공부가 아무 소용이 없던 것은 아니지만, 지금 생각해보면 본질은 모른 채 기술적으로 뛰어난 능력을 발휘하고 싶었던 것 같다.) 그 시절 나는 학부모와도 큰 문제가 없었고, 아이들과도 큰 문제없이 지냈다. 그렇게 적당히 잘 가르치고 잘 지내는 선생님 생활을 하던 중 사건이 일어났다.

2014년 4월 16일. 제주로 향하던 여객선 세월호가 가라앉았다. 나도 그날 그렇게 가라앉았다.

"선생님을 그만두어야겠어. 더는 못 하겠어. 이제 저 배에서 내려오고
싶어."

교직이 나에게 너무나 버겁게 느껴졌다. 수많은 소중한 아이들을 생각
하니 잠이 오지 않았다. 내가 많은 아이를 살리지 못했다는 사실을 견딜
수 없었다. 교실에서 그렇게 잘난 척하며 지냈던 모든 교육활동이 허무하
게 느껴졌다. 지나온 교직 생활을 돌이켜보니 내가 교사로서 했던 말 한마
디 한마디가 부끄럽고 창피했다. 너무나 미안했다.

아이들 얼굴 보기가 자신이 없었다. 어떻게 해야 할지 모르는 무능함에
한없이 더 도망치고 싶었다. 그러나 생계형 교사였던 나는, 한 번도 부모
님 말씀을 어긴 적 없는 모범생으로 살아왔기에 그 배에서 나 혼자 수영해
나갈 수 없었다. 배에서 내리지도, 저 멀리 타고 나갈 수도 없는 내 인생의
가장 힘든 시절이었다. 결국 육아휴직을 선택하며 모든 것을 내려놓고 쉬
기로 했다.

그런데 이것이 나의 교직 생활에서 가장 큰 변곡점이 되었다.
육아휴직을 하고 집에서 아이만 키우는 머릿속 엄마의 모습으로 하루하
루를 버텼다. 열심히 살았던 나를 내려놓고 한없이 게을러지기로 했다. 이
제껏 지나치게 애쓴 나를 위로하기도 하고 바보 같은 내 모습을 원망하기

도 하며 나 혼자서 열심히 싸우며 보냈다.

그렇게 나를 감정적으로 혹사하며 보낸 수개월. 한없이 꺼져가던 나의 모습을 보니 문득 나 자신이 불쌍해졌다. '이렇게 지내다가는 정말 위험한 순간을 맞이할 수도 있겠어.'라는 생각이 들었다. 내 아이는 살려야겠다는 생각이 든 것이다. 나에게는 엄마로서 해야 할 역할도 남아 있었고 결국은 다시 돌아가야 할 위치도 있었다. 나에게는 힘이 필요했다. 돌아가든 돌아가지 않든.

매일 혼자서 느꼈던 부정적이고 혼란스러운 감정에서 한 걸음이라도 떨어지고 싶었다. 매일 아침, 아이를 어린이집에 등교시키고 동네 도서관으로 출근했다. 성인 종합자료실에서 매일 책을 읽는데 조금씩 가슴이 조여지고 마음 한구석이 불편했다. 보이지 않는 손에 이끌려 간 곳은 1층 어린이 자료실. 책장 사이사이에 숨어 있는 아이들의 모습이 보이고, 내가 수업 시간에 읽어주던 그 짧은 순간들이 스쳐 지나가고, 내 손에는 어느새 동화책이 한 권 놓여 있었다. 그렇게 나는 어린이 자료실로 장소를 옮기고 나서야 비로소 상상의 나래를 펼치며 책 속의 아이들과 만나고 있었다. 그렇게 한 달이 지나고 교실 속 나를 선생님이라 불러주던 그 고마운 아이들이 서서히 보고 싶어졌다. 그 아이들을 다시 만나고 싶다는 용기도 생기기 시작했다.

어린이 자료실에 있던 그림책들이 나를 환하게 반겨주었다. 그곳의 그림책 한 권 한 권이 웃고 있는 아이들 같았다. 나도 모르게 그림책 속에 담긴 아이들 마음을 만나기 시작했다. 그렇게 동화책 한 권 한 권, 어린이 한 명 한 명을 만나며 나는 마음속으로 책 속의 어린이와 대화하고 있었다.

그러나 여전히 너무나 미안했다.

'너희들은 이런 생각을 하고 있었구나! 내가 그동안 정말 어린이라는 인간을 이해하지 못했구나! 아니 이해하려고 생각조차 못 했구나. 어리석게도 어른의 잣대에 나의 직업적 규율이라는 이름으로 너희들을 맞춰 넣었구나!' 그렇게 나는 아이들의 세계 속으로 빠져들어 갔다. 나는 그저 아이들의 세계에 온 아주 작은 손님에 불과하다는 생각이 들었고, 그 세계가 다시 예전처럼 조금씩 편안해지며 그림책 속의 어린이 마음과 나의 마음이 만나기 시작했다. 조금씩 행복해졌다. 그리고 아이들을 다시 만나고 싶은 용기도 생기기 시작했다. 그렇게 도서관에 있는 그림책 수천 권을 읽었다. 30명의 교실 속 아이들과 헤어지고 수천 명의 아이들을 만나는 경험이었다. 덕분에 그해 지역구에서 가장 많은 책을 읽어 〈책 읽는 가족〉상도 받았다. 그리고 책을 출간하는 진짜 큰 용기도 생겼다. 내가 하고 싶은 것을 하며 성취감을 얻으니 긍정적인 생각이 들었고, 다시 돌아가야겠다는 회복력도 생긴 것 같았다.

잘 가르치고 싶었던 나의 열정이, 학습지에 욕심을 가득 담았던 내가,

이제는 아이들 본질에 대하여 이해하고 노력하기 시작했다. 단단한 무기가 생긴 듯, 두려웠던 아이들과의 만남에 자신감이 생겼다. 어떤 일이 닥쳐도 머릿속 도서관의 수많은 책 중 한 권을 꺼내 읽으면 되니까.

드디어 용기를 가지고 복직하게 된 곳은 서울형 혁신학교.

서울의 파견 교사로 간 초등학교는 평범한 혁신학교가 아닌, 혁신학교의 원조 격인 서울형 혁신학교였다. 이곳은 서울의 손꼽히는 5대 혁신학교 중 하나로, 남한산 초등학교처럼 혁신학교를 해보자고 마음먹은 선생님들이 자진해서 구성된 학교였다. 따라서 그곳의 선생님들은 사회운동을 하시는 분들부터 내가 이제껏 만나보지 못한 다양한 배경을 가진 선생님들로 학년을 이루고 있었다. 이렇게 열정적인 선생님들이 직접 만든 학교 시스템은 생소했지만, 그야말로 아이들을 위한 학교처럼 느껴졌다. 하나부터 열까지, 내가 다녔던 학교의 모습과는 많이 달랐다.

교사들의 다양한 프로그램 모두가 인상 깊었지만, 그중에서 발도르프 교육 방법을 다양하게 활용하고 적용하고 있었다는 점이 인상 깊었다. 내가 발도르프 교육에 대한 전문가는 아니지만, 현장에서 활용되고 있는 발도르프 교육을 직접 접하면서, 교육대학에서 배운 그 어떤 이론보다도 초등교육에서 발도르프 교육이 정말 유용하겠다는 생각이 들었다. 교사는 교육과정의 전문가 이전에 교육 대상자인 어린이라는 인간에 대한 본질적 이해가 우선이라는 깨달음을 얻었다.

어린이라는 인간의 이해에는 발도르프 교육 방법도 알면 좋겠다는 생각
이 든다. 우리가 그렇게 훌륭한 교사가 되기 위해 열심히 다녔던 4년의 교
육대학교 교육과정에는 어린이라는 과목, 어린이학은 없다. 어린이의 내
면을 배우지 못한 예비 선생님이 발령받자마자 아이들을 만나면 어떻게
다루어야 할지 모를 수 있다. 그리고 그 상태로 교육은 시작된다. 하지만
아이를 낳아 길러 보지 않아도 이렇게 수많은 그림책과 발도르프의 인간
학을 통해 우리는 조금씩 아이들 세상으로 자연스럽게 문을 열고 들어갈
수 있다.

그동안 교실에서 강조했던 배움, 기초 학력, 성취도보다 중요한 따스함,
경이로움, 지혜로움을 가르치고 싶다면 교사 일생에 있어서 한 번쯤 꼭 발
도르프 교육을 만나보기를 권한다.

3

우정과 전쟁 in SNS

선생님-.

조심스럽게 한가득 고민이 가득 찬 얼굴의 김서하 어머님이 교실 문을 들어선다. 미리 전화로 약속된 상담 시간. 매우 심각하다.

아이 이야기에 울먹이며,

"제 나이 마흔 넘어서 시험관 시술을 포기했을 때 새벽기도로 얻은 아이예요. 3번의 유산으로 제가 죽고 싶었을 때 하나님이 마지막으로 주신 선물이에요. 우리 아이가 다시 학교에 다닐 수 있게 선생님이 도와주세요. 그리고 그 아이들 제대로 혼내주세요. 순진하고 착했던 우리 서하를 나쁜 애들이 꼬셨나 봐요. 예전과 너무 다른 행동만 해요. 도대체 말을 안 해요. 학교는 가기 싫다고 하지, 말은 안 하지. 도대체 무슨 일이 있었는지 방에 들어가 밤새 SNS만 하고 저랑은 말을 안 해요. 화만 내고, 엄마는 아무것도 모른대요. 도와줄 테니 알려 달라고 해도 여전히 방문만 걸어 잠가요. 저한테는 목숨과도 같은 소중한 아이예요. 선생님! 선생님이 저 좀 살려주세요. 아니, 우리 서하가 예전처럼 착한 딸로 돌아올 수 있게 도와주세요!"

갑자기 울음 섞인 목소리에서 강한 목소리로 돌변하더니,

"선생님이 해결 안 해주시면 전 제가 무슨 수를 써서라도 그 아이들을 찾아내서 학교폭력으로 다 신고하고 교육청 심의까지 가게 할 거예요. 당연히 변호사도 선임할 거고요. 애 아빠 친구 중에 유명한 변호사가 있는데 이미 상담도 의뢰해 놓았어요. 그리고 선생님이 우리 아이 편 안 들어 주시면 선생님 교직 생활도 온전치 못할 것예요. 지금 애 아빠는 화가 많이 나 있어요. 애가 저 지경이 될 때까지 담임은 뭐 했냐고. 오늘 쫓아온다는 걸 제가 먼저 이야기해 보겠다고 해서 저 혼자 온 것이에요. 안 그러면 곧 남편도 같이 올 거고. 지금 시댁에서도 알고 난리가 났어요. 아시죠? 시아주버니는 ○○ 교육청에 있고, 이모의 삼촌은 ○○ 경찰청장이고……."

도움을 요청하던 상담이 어느덧 가족과 변호사를 대동한 협박으로 마무리되었다.

사실 초등학교 선생님은 쉬는 시간까지 열심히 생활지도를 하지만, 교사의 눈 밖에서 일어나는 작은 일들을 섬세하게 알아채지 못하는 경우도 있다. 대부분의 상황은 교사의 시선 안에 있지만. 어느 정도 일이 많이 커

지기 전까지는 아이들 스스로 해결하기를 기다리기도 하고, 지켜보는 시간이 필요하기도 하다.

서하의 문제 역시 눈치채고 있었다. 그러나 초등학교 6학년 아이들의 관계에서 담임 교사가 저학년 아이들 다루듯이 "누구랑 누구랑 친하게 지내자."라거나 "우리는 다 같은 한 반이고 친구니까."라는 말은 통하지 않는다. 아이들은 이제 철저히 그들만의 문화 속에서 관계를 형성하며, 특히 요즘 아이들은 SNS를 통해 관계가 무한정 넓고 깊어지기 때문에, 그 사이버 세상에서 일어나는 문제를 교사가 먼저 알기란 쉽지 않다. 또한, 문제를 알았다 해도 해결점을 찾기란 정말 어려운 일이다. 아이들이 순수하게 마음을 열고 자신의 핸드폰을 보여주는 일은 거의 일어나지 않으니까.

사춘기 여학생들의 문제는 핸드폰으로 시작해서 SNS로 골이 깊어진다.
교사 또는 보호자의 눈에 들어왔을 때는 이미 한참 곪아 피해자와 가해자가 복잡하게 엉켜 있는 때가 많다. 예전 같으면 교사는 아이들을 불러서 증거물이자 사건의 현장인 핸드폰을 압수하고, 내용을 확인한 뒤, 이야기를 들어보며 "누가 잘못했네. 그래, 안 그래? 사과할 거지? 자, 서로 사과해. 그리고 약속해! 다시는 친구에게 상처 주지 않겠다고. 그리고 내일부터 화장실 같이 가는 거야. 누구 빼놓지 말고. 약속 안 지키면 부모님께 전화 드린다!"라고 말하며 엄격한 형식의 반성문을 쓰게 하고, 서로에게 사과하고 사이좋게 지내자고 끝냈었다.

하지만 이제는 시대가 달라졌다.

단순 학부모의 도움 상담이 아닌 학교폭력이라는 신고를 받게 된 교사
는 바로 교감과 학교폭력 담당 선생님께 보고를 해야 한다. 학교폭력 담당
선생님은 아이들을 가해 추정 학생, 피해 추정 학생으로 추정하여 경찰로
빙의해 최대한 객관적으로 사건을 알아보고 학교폭력 심의 위원회를 열어
야 한다.

이렇게 차가운 과정과 함께 담임 교사는 아이의 이야기를 들어 주고 마
음을 보듬어 주어야 한다. 이야기를 들어 보니 가영이는 전학 온 서하가
싫어졌다고 한다. 왜냐하면 가영이가 좋아하는 인싸 오빠의 인☆그램에
서하가 자기의 허락도 없이 댓글을 달았기 때문이다. 그 후부터 가영이는
서하의 모든 행동이 거슬리기 시작한 것이다. 서하의 학교생활은 외로워
졌다.

"서하야, 지금은 가영이가 조금 시간이 필요하대.

다른 친구들도 많이 있잖아. 지연이도 있고, 전학 온 주민이도 있잖아.
다른 친구랑 놀면 안 될까?"

"안 돼요. 이미 그 아이들은 무리가 있어서 이제 와서 같이 놀 수 없어요."

서하는 울먹인다.

여러 번의 상담 끝에 결국 선생님이 할 수 있는 말은

"어머니! 어머니에게 서하가 목숨처럼 소중하듯이 사춘기 여학생에게 친구란 목숨과 같아요. 그리고 그 목숨을 이어주는 산소는 핸드폰이래요."

일 것이다.

4

23년 여정의 쉼표, 새로운 도약을 위한 연구년

선생님이라는 직업은 매일 '어린이'라는 세계에서 많은 시간을 보내는 직업이다. 선생님들은 학교라는 직장에서 꼭 8시간만 근무하는 것이 아니라, 퇴근 후에도 교재 연구부터 아이들 생활지도에 대한 상담까지 포함하여 하루에 12시간 이상을 교육에 몸담고 있다. 정신적으로도 잠잘 때를 제외하고 심지어 꿈에서도 완전한 퇴근을 하지 못한다.

나 역시도 수업이 끝난 후의 각종 업무 처리와 회의 참석, 선생님들과 공동 교재 연구 협업 등으로 인해 근무 시간 중에 일을 끝내지 못한 적이 많다. 그래서 개인 교재 연구나 밀린 업무를 하기 위해 퇴근 후 집에서 마무리하는 경우가 비일비재했다. 나만 그런 것이 아니라, 지금도 경력이 적은 선생님을 보면 예쁜 핸드백과 함께 왼쪽 팔에 에코백을 메고 있는 모습을 종종 볼 수 있다. 그 안에는 아이들이 정성껏 쓴 일기와 미처 끝내지 못한 수업 준비를 위한 각 교과의 지도서가 한가득 들어 있다. 퇴근 후 지친 모습의 선생님들은 "행복한 저녁 되세요!"라는 인사 대신, "오늘 집에 가서 이거 다 할 수 있을까요?"라는 쓸쓸한 인사를 하는 경우가 많다.

그렇게 이십여 년을 당연한 듯 보내던 그때…….
"엄마, 우리 아파트 단지 그 ○○ 초등학교 선생님이 돌아가셨대!"

아무것도 모르는 3학년짜리 아들 녀석이 헐떡거리는 숨을 내쉬며 나에게 전달한다. 저녁 준비를 하던 내 손과 마음이 철렁하며 모든 순간을 멈추게 했다. 그날 저녁을 어떻게 먹었는지, 어떻게 치웠는지 아무것도 기억이 나질 않는다. 해가 지고 마음을 단단히 먹고 그 길로 아파트 단지에 연결된 학교로 길을 나섰다. 이미 학교를 뺑 둘러 화환이 두 줄이 모자라 세 줄 네 줄 빽빽이 들어차 있었다. 이렇게 많은 화환을 본 적이 없었다. 가족이 아닌, 얼굴도 모르는 타인의 죽음에 이렇게 많이 울어본 적이 없었던 것 같다. 2023년 7월 18일 서울의 초등학교에서 근무하던 한 교사가 학교에서 스스로 목숨을 끊는 그 사건 이후.

그렇게 2023년 여름, 7번의 토요일을 검은 옷을 입고 길에서 보냈다.
집회에 참석하는 내내 젊은 시절 고민하던 나의 모습들과 작년에 부장을 할 때 힘들어했던 옆 반 선생님의 얼굴이 떠올랐다. 저녁 6시에 선생님 말투가 마음에 들지 않는다며 한 시간 동안 민원 전화를 받고 펑펑 울던 그 선생님. 그 선생님은 이제 2년 차인 신규 여자 선생님이었다.

"내가 무엇을 그리 잘못했냐고 너무 속상하고 그냥 그만두고 싶다"고 말하며 하염없이 울고 있는 그 선생님의 절망 섞인 하소연에 내가 해줄 수 있는 말이 없었다.

'20년이나 했잖아. 결혼도 했잖아. 애도 둘이나 낳았잖아!'

그렇다. 나는 교직 경력 23년 차에 결혼도 했고, 아이도 둘이나 낳은 어쩌면 부장교사를 해주기를 기대받는 고경력 베테랑 교사다.

하지만 여러 가지 이유로 그동안 나서지 않았다. 부족하고 버겁다고 생각했기 때문이다. 대단한 업무 경력도 없고, 공식적인 업무 경력도 없으며, 그 흔한 연구 경력도 없지만, 소중한 나의 옆 반 선생님이 자괴감으로 인해 죽음까지 생각하지 않도록 돕고 싶어졌다.

그리고 다시 세월호 사건 이후 시간이 필요했다. 잠시 멈추고 고민하고 내려놓을 시간.

그래서 경기 교사 연구년이라는 것을 신청하게 되었다. 그리고 이렇게 경기 교사 연구년이라는 길고도 짧은 시간 동안 정말 많은 경험과 추억, 고민, 성찰, 힐링을 하게 되어 이렇게 글도 쓰게 되었다.

지금 많이 힘들어하고 고민이 많은 선생님들께 경기 교사 연구년을 강력하게 추천하고 싶다. 경기 교사 연구년은 해마다 진행되는 것이 아니기에, 기회가 있을 때 꼭 도전해보기를 바란다.

만약 신이 당신에게 행운의 선물을 주셔서 경기 교사 연구년에 당첨된다면, 굉장한 혜택이 기다리고 있을 것이다. 이 좋은 연구년에 대해 자세히 설명하고, 그 장점들을 알려드리고 싶다.

우선, 매일 출근하지 않아도 된다.

이것보다 더 큰 선물이 있을까? 말 그대로 연구년이기에 개인 연구를 위한 시간을 보장해 주기 때문에 1년 동안 오롯이 개인 연구에 집중할 수 있다. 교육청에서는 내가 근무하던 학교에 예산을 들여 기간제 교사를 배치하여 나의 자리를 보존해 준다. 출근하지 않는 해방감을 느껴본 적이 있는가? 이십여 년 동안 매주 일요일 밤마다 느꼈던 그 압박감에서 벗어날 수 있다. 물론 워크숍과 각종 연구 모임, 연수가 있긴 하지만 매일 아침 6시에 일어날 필요는 없다. 늘 마음속으로 부러워했던 프리랜서 직업의 장점을 만끽할 수 있다. 몸과 마음 정신도 자유로워진다.

연구하는 동안 월급을 보존받을 수 있다.

시간이 많아져도 경제적으로 꾸준히 들어오는 소득이 없어진다고 생각하면 아마 일 년 내내 마음이 불편하고 정신적으로 경제적인 숫자에 얽매어 힘들 것이다. 경기 교사 연구년 1년 동안 그런 고민은 없다. 내가 받던 호봉도 그대로 올라가고 월급도 거의 그대로 보존된다. 물론 담임이나 보직 또는 추가수당 성과급 같은 실제 근무해야 받을 수 있는 것들은 월급에서 제외된다. 그래도 그게 어딘가. 체감하는 월급은 경기 연구년에서 주는 혜택에 비하면 너무나 감사하다. 지인이 이 소식을 듣더니 "와 굉장하다 요즘 대학교에서도 연구년을 보내기 쉽지 않아. 삼성전자 아니 구글 같은 세계적인 기업에서도 이만큼의 혜택은 주지 못할 거야."라면서 엄청나게 부러워했다. 맞다. 이것은 진짜 큰 행운이다.

내가 진짜 교사로서 해보고 싶었던 연구에 대한 갈증을 해소할 기회를 준다.

나는 신규 교사 또는 저경력 교사에게 도움이 될 만한 연구를 하고 싶었다. 그런데 마침 경기 교사 연구년 지원 분야에 정책연구‖에 교원 인사과에 신규(저경력) 교사의 교직 적응 지원 방안 연구 분야가 있어 지원하였고 계획서와 최종면접에 통과하였다. 선정만 된다면 월급을 받으면서 연구를 자유롭게 할 수 있다. 연구년 1년 동안 교사는 개인 연구와 주제가 비슷한 사람끼리 모여 분임별 공동 연구를 하게 된다. 이때 필요한 여러 가지 세미나와 연구에 필요한 약간의 비용을 지원받을 수 있다.

이 장점들 외에도 가장 좋은 점은 지친 몸과 마음을 회복할 수 있는 기회를 제공한다는 것이다.

교육청에서 제시하는 교사 연구년의 목적도 장기 재직 교사의 지속적 성장 지원을 통해 교육 연구력을 심화하고 교직 효능감을 높이는 데 있다.

교사들은 재직하는 동안 아이들에게 소위 '기가 많이 빨린다'라고 표현할 정도로 몸과 마음이 재충전할 기회와 시간이 적어 힘들어 하는 경우가 많다. 연구년은 그 소진된 체력과 정신을 회복할 기회를 제공한다. 직장을 다니면서 체력을 유지하는 부지런한 분들도 많지만, 재직 중인 교사 대부분은 그럴 시간이 충분하지 않다. 여교사는 직장에서 일을 마치고 돌아오면 육아와 살림이 기다리고 있기 때문이다.

나도 아이를 학교에 보내고 오전 시간을 홀로 보낼 수 있는 비직장인 여성들을 부러워한 적이 많았다. 꼭 옆집 아줌마와 브런치를 하며 커피를 마실 여유까지는 아니더라도, 시간에 쫓기지 않고 마음껏 스포츠 센터를 다녀보고 싶다는 갈증이 있을 것이다. 작게는 평일 오전 보고 싶던 전시회에 가고 싶다는 바람도 있었다. 이러한 갈증은 누구나 있을 것이다. 연구년은 이런 갈증을 해소할 기회를 제공한다.

나의 경우 경합이 치열한 동네 체육센터 오전반에 등록해서 수영과 헬스 등 그동안 시간이 없어서 못했던 내 건강을 챙기기 시작했다. 이렇게 신체적 건강을 챙기다 보니 취미생활까지 계획할 수 있는 마음의 여유도 생겼다.

이렇게 소진된 신체적, 정신적 체력을 꼭 재충전하는 시간을 보내길 바란다. 충전되어야 복직 후 다시 열정적으로 아이들을 만날 수 있을 것이다.

이렇게 좋은 점이 많은 경기 교사 연구년.

교육경력 15년이 넘었다면 실패를 두려워하지 말고 무조건 지원해 보기를 권한다. 부장 경력이 없거나 교육청 위촉장이 없어도, 점수가 낮아 비록 떨어질 것 같아도 지원해 보길 바란다. 생각보다 자격 조건이 되는 교사들이 시도조차 하지 않는 경우가 많기 때문이다. 경기 교사 연구년은 해마다 세부 추진계획은 다르지만, 늘 공통으로 진행하는 부분이 있으므로 이를 미리 알고 준비하는 것도 좋다. 신청 계획서는 A4용지 10매 이상 작성하는데, 현장에서 아이들에 몰두하다 보면 계획서 단시간에 10장을 작성하기란 쉽지 않다. 미리 자격 조건과 지원 분야 추진계획 등을 숙지한다면 훨씬 유리할 것이다.

1년의 꿈과 같은 연구년에 다가가기까지, 용기를 내어 도전해보길 바란다.

경기 교사 연구년 자세히 들여다보기

매년 경력교사에게 경기 교사 연구년의 기회는 열려 있다. 이를 위해 미리 준비해야 한다. 지원하기 위해서는 우선 해마다 오는 공문의 공통점을 알고 있어야 한다. 해마다 약간의 변동사항들은 있지만, 기본적으로 바뀌지 않는 내용을 미리 알고 있다면 상당히 유리해진다.

목적: 장기 재직 교사의 지속적 성장 지원으로 교육연구력 심화 및 교직 효능감 제고. 교사 연구역량 강화 및 전문성 심화를 통한 성장하는 교직 문화

대상: 공립 유치원, 국·공·사립초, 중, 고, 특수학교 교사

기간: 대략 1년. 1년 연수 파견으로 처리됨

인원: 약 100명~200명 해마다 다름.

파견 기관: 교육청 교육연수원

연구 내용: 연구성과가 학교 교육력 제고 및 현장 교육 문제 개선에 이바지할 수 있는 분야. 해마다 영역과 세부 내용이 다름. 참고만 할 것.

모집 시기: 모집 요강이 10월 중순에서 11월 사이에 발표된다. 이 시기에는 매일 아침 업무포탈 공람함을 열어본다. 제목의 키워드는 '경기 교사 연구년'이다.

자격 조건: 경력이 기본조건이다. 교육경력 15년(휴직제외 교직 실제 경력) 이상이면 지원할 수 있다. 가산점으로 부장 경력, 대학원 졸업, 위촉장, 책 출간 같은

것이 도움이 된다. 아직 경력이 부족한 선생님들도 이 가산점을 유의하여 미리미리 챙겨두는 것이 좋을 것이다.

선정 비결 : 공문이 오면 15일 정도의 신청 시간을 준다. 신청 기간인 15일이라는 시간 동안 계획서 10장과 자격 조건 증빙자료를 준비해야 한다. 계획서 10장은 일이 많은 교사에게 쉬운 분량은 아니다. 요즘은 표절과 같은 윤리 도덕성을 철저하게 보기 때문에 더욱 쉽지 않다. 따라서 경기 교사 연구년을 신청하고자 하는 선생님은 여름 방학 중 대략의 주제와 참고 문헌 정도를 준비해 두면 여유 있을 것이다. 한 달 정도 보고서와 계획서를 준비하고, 1년을 마음껏 연구하는 시간을 가져보자.

세부 내용: 경력 15년 이상이라면 교육 연구 분야와 정책 연구분야에 지원가능.

- 학급, 학교, 지역 단위 현장 밀착형 학생 교육 연구
- 교육과정(수업-평가), 기초학력, 생활교육, 진로 교육 등의 내용을 미리 숙지
- 정책연구 I 새로운 경기교육 정책실행 및 효과 관련 연구
- 정책연구 II 정책부서 연계 현안 주제 연구

경력 25년 이상의 고경력 선생님이라면,

• 교육력 회복을 위한 자율연구

• 현장 중심 교육활동 보호, 교원치유, 자율과제 등을 주제로 연구하면 된다.

김은정

성장

완벽한 타자, 미래의 나

지치지 않고, 싫증 내지 않고 그림 그리는 나를,
나는 더 사랑할 참이다.

교사 성장 HIDDEN TIP

만족도 높은 학기말
교사 마음나눔 프로그램

1

자기만의 방

내 인생은 태어나서부터 내 공간을 갖기 위한 치열한 투쟁이라고 말해도 될 것 같다. 결론부터 말하면 결국 나는 조그마한 내 공간을 갖게 된 Winner가 되었다.

누구나 그렇듯이 어렸을 때부터 내 방을 갖고 싶었지만, 인생이 그리 평탄치만은 않았다. 한 방에 네 식구가 옹기종기 모여 살았을 때는 내가 누구인지 나의 정체성에 대해서도 잘 모르던 시절이었다. 그래서 나는 내 공간에 대한 필요도 인지하지 못했다. 그 시절을 기억해보면 굉장히 재밌고 따뜻했던 온기만 흐릿하게 남아 있다. 집안 형편이 조금 나아져 내 방이 생겼을 때도 있었지만 아주 잠깐이었다. 국민학교, 중학교 시절에는 내 방 안에서 나 혼자 은밀하게 무언가를 해보았던 기억이 없다. 하루 종일 가족과 시간을 보냈다. 부엌 식탁에서 밥을 먹고, 거실 소파에서 TV를 보고 밤이 되면 내 방이라고 불리는 곳에 들어가서 잠만 잤다. 내 방이 있었으나 내 공간으로서의 역할은 하지 못했다.

내 공간이 가장 필요한 시기인 고등학교 시절의 나는 경제적인 이유로 이모네 집에 얹혀살게 되었다. 그곳에서 이모와 사촌 언니 두 명과 나, 이렇게 네 명이 한방을 쓰게 되었다. 학교에서 보내는 시간을 뺀 모든 시간을 그들과 함께 지내야 했다. 혼자 있을 수 있는 나만의 공간은 세상 어디에도 존재하지 않았다. 사춘기 예민했던 그 시절에 내 공간이 없다는 것만큼 절망적이었던 적은 없다. 일기를 쓸 수도, 조용히 책을 읽을 수도 없었다. 이모와 사촌 언니들과 사는 동안 하루도 조용한 날이 없었다. 함께 지내는 조그만 방은 살아남아야 하는 생존의 공간이었다.

그렇게 암울했던 시기가 지나고 대학교에 들어갔을 때 비로소 내 방이란 게 생겼다. 조그만 방이었지만 극 내향성인 내가 숨어 들어갈 수 있는 유일한 동굴이었다. 얇은 벽을 타고 들려오는 TV 소리, 부모님께서 말하는 소리, 부엌에서 음식을 만들거나 세탁기가 들어가는 생활 소음 등이 다 들리는 그런 작은 방이었다. 집 안의 조그만 움직임도 다 알아차릴 수 있는 방이었다. 대학 입시에 실패했을 때, 임용 고사에 실패했을 때조차 내 방에서는 편하게 울 수도 없었다. 얇은 벽으로 부모님의 한숨 소리가 들렸고, 내가 우는 소리도 부모님께 들리게 될 테니 소리가 나지 않도록 이불을 쓰고 누워 있었다.

그렇게 허술한 방이었지만 그조차도 내게는 소중한 공간이었다. 그 방에서 누워 책을 읽고, 쭈그리고 앉아 낮은 화장대의 거울을 보며 화장을 하고, 좁은 방 이곳저곳에 옷을 가득 쌓아두고, 엉망진창인 상태로 학교에 다녔다.

내 방이라고 불리는 곳이었지만 내 방을 소유한 것은 아니었기 때문에 그 당시에는 잠깐 빌려 쓰는 공간이라는 생각을 했다. 방에 대한 애착보다는 나를 숨기기 위한 공간으로서의 기능, 내가 원한 것은 그것뿐이었다. 비밀스러운 일기장과 감춰야 할 물건들을 방 안 곳곳에 숨겨두었다.

교사가 되고 난 후에도 상황은 좀처럼 바뀌지 않았다. 하루하루 허덕이며 바쁜 나날들을 보내며 나는 점점 기계처럼 변했다. 나의 그 작은 방에 들어와서는 잠만 잤다. 나를 차분히 돌볼 수 없는 나날들이 흘러갔다. 매일매일 주어진 일을 하며 힘겹게 하루를 보냈고, 방학에는 여행을 떠나 버렸다. 나를 마주 바라보는 시간은 점점 줄어들었고 그렇게 시간은 흘러갔다.

40대가 되었을 때 문득 이렇게 살다 늙을 수도 있겠다는 생각이 불현듯 들었다. 그때 나는 부모님 댁을 나와 독립해야겠다는 결심을 했다. 그렇지만 상황이 여의찮았다. 경제적인 문제가 제일 컸다. 그렇게 여기저기 알아보던 중 나의 간절함이 하늘에 닿았는지 공무원 연금관리공단의 임대주택인 서울의 조그만 아파트에 당첨되었다. 공무원 임대주택은 시세보다 조금 저렴한 보증금으로 입주가 가능했다. 내가 그렇게 원하던 아파트에 당첨이 되었는데 마냥 기쁘지만은 않았다. 이제는 독립하는 것이 두려웠다. 준비 없이 나가 살게 되는 점, 부모님을 설득해야 하는 점, 은행 대출부터 이사까지 한 번도 해보지 않은 일을 스스로 해야 한다는 점 등 모든 게 어렵고 버거웠다. 하지만 일단 시작된 일은 어떻게든 되는 법이다. 우여곡절 끝에 드디어 내 공간이 생겼다. 나만의 공간!

애착을 갖게 된 첫 공간. 그 집을 나는 참 좋아했다. 허름하고 낡은 방 두 개짜리 복도식 아파트였는데 그동안 내가 모으고 감춰두었던 모든 것을 그 집으로 옮겼다. 책과 다이어리, 노트, 그림 그렸던 스케치북, 앨범과 CD 등 나의 숨겨둔 역사였다. 그 모든 게 어디서 나왔는지 조그만 아파트를 가득 채웠다. 그렇게 내 집에서 보낸 첫날을 나는 기억한다. 부모님과 함께 이삿짐을 옮기고, 청소를 했다. 저녁 식사까지 마친 후 부모님께서는 크고 작은 걱정과 조언을 남기고 집으로 가셨다. 혼자 남은 내 공간의 고요함. TV 소리나 말소리가 들리지 않는 처음 느껴보는 평화로움이었다. 조용한 공간이 주는 평안함을 나는 처음 느껴보는 것 같았다.

지금에 와서 내 인생을 돌아보면 내가 제일 잘한 일은 그때의 과감한 독립이다. 내 공간을 갖기 위해 투쟁했던 시간! 그 결정이 내 인생의 터닝 포인트였다. 독립을 하고나서 나는 많이 성장했다. 한없이 낮아졌던 자존감이 조금 올라갔고, 다른 사람의 사랑을 받을 수 있는 수용적인 마음도 생겼다. 온갖 은행 업무며 공적인 서류 처리에 대한 세상 경험을 할 수 있었다. 부모님과 함께 살 때는 몰랐던 나 자신에 대해 더 많이 알게 되었다. 무분별한 소비에 대한 자각, 그리고 일상을 살아내는 습관의 중요성까지 알게 되었다. 내가 가진 나만의 공간이 나를 더 잘 이해할 수 있게 했고 내

하마터면 이것도 모르고 교사로 살 뻔했다

삶을 바꾸게 하는 새로운 경험이었다.

그 이후 나는 한 번 더 이사했고 현재의 집에 정착했다. 이사 오면서 많은 것들을 버렸다. 처음 집을 얻었을 때는 내 공간을 얻었다는 부푼 마음 때문에 필요 없는 것들도 욕심내어 집 안으로 들여놓았다. 집 안 곳곳에 물건을 쌓아두는 습관을 그때까지도 버리지 못했다. 왜냐하면 나는 그동안 가져보지 못한 내 것에 대한 애착을 넘어 집착의 수준까지 이르게 된 것이다. 그 사실을 알게 되고 많은 것을 버렸다. 이제는 좀 내려놓아도 되지 않겠나 하는 생각이 들었다. 많은 것을 움켜쥐려고만 했던 날들이 지나가고 이제는 내가 좋아하는 것들에만 집중해도 좋을 시간이라는 것을 알았다. 이제 나의 두 번째 집에서는 꼭 필요한 물건만 배치하고 더 이상 물건에 대한 집착은 하지 않으려고 부단히 노력한다. 쉽지만은 않은 일이다.

요즘 나는 공간에 대한 또 다른 꿈을 꾼다. 나만의 미술 작업실을 갖는 것이다. 공간이 삶의 변화를 이끌 수 있다는 생각이 이런 꿈을 꾸게 했다. 나만의 미술 작업실은 세련된 공간이 아니어도 좋다. 내 손때가 묻은 것들로 가득한 곳, 따뜻하고 조용한 작업실을 원한다. 언젠가는 그곳에서 내가 좋아하는 그림을 그리기를 희망한다. 내 공간에 나의 경험과 취향이 더해질 때 그 공간은 나에게는 의미 있는 장소가 될 것이다.

2

매일 밤 그림을 그립니다

호기심은 많지만, 인내심은 부족한 나는 교사가 된 후 그동안 하고 싶었던 것은 다 해 보리라 마음먹었다. 스쿼시, 요가, 목공예, 뜨개질, 사진을 배웠고, 소소한 호기심과 작은 관심사까지 포함한다면 그동안 내가 시도해 본 것들은 그 수를 헤아릴 수 없이 많다.

어쩌다 사진의 매력에 빠져서 필름 카메라로 사진을 찍으며 여행을 다녔다. 필름 카메라로 찍은 사진은 기다림의 산물이다. 사진을 찍고, 필름 현상과 인화를 맡기고 그 결과물이 나오기까지 꽤 긴 시간을 기다려야 한다. 과연 사진이 어떻게 나올까 하는 기대와 설렘 혹은 긴장감으로 사진관으로 달려가게 된다. 처음에는 그 기다림의 과정이 너무 좋았다. 그런데 어쩔 수 없이 세상의 흐름을 좇아가게 되어 있나 보다. 현상과 인화를 맡기러 사진관을 일부러 찾아야 하고, 조금 중요한 사진은 스캔까지 떠서 보관해야 하니 바쁜 일상에 이 모든 과정이 부담스러워져 사진을 관리하는 일을 미루기만 했다. 찍었던 필름은 인화도 하지 않은 채 책상 서랍에 쌓여만 갔다. 찍기만 하고 필름을 서랍에 넣어두는 일을 반복하다 보니 디지털카메라로 자연스레 넘어가게 되었다.

디지털카메라 촬영의 장점은 무한정 셔터를 눌러 사진을 찍게 된다는 점이다. 내가 원하는 이미지에 대한 확신이 없기 때문에 모든 장면을 포착하기 위해 같은 장면도 여러 번 촬영을 하게 되었다. 그러다 보니 사진의 양이 어마어마하게 많아졌다. 필름 카메라와는 달리 바로바로 결과물을 확인할 수 있는 장점이 있었지만, 여행에서 돌아온 뒤 그 많은 양의 사진을 다시 꺼내 보는 일이 거의 없게 되었다. 컴퓨터 폴더에 쌓여 있는 이 사진들이 내게 무슨 의미가 있을까 하는 생각이 들었고 그때는 내가 찍은 사진이 소중하지도 않았다. 사진 찍기에도 금세 싫증을 내게 되었다. 그러다가 그림을 그리게 되었다.

알랭 드 보통의 『여행의 기술』을 읽던 중 내 마음을 사로잡는 문장 때문이었다. 이 책에는 존 러스킨의 데생 예찬을 바탕으로 그림을 그리며 여행하는 즐거움에 관해 기술하고 있다.

러스킨의 생각에 따르면, 데생이 아무런 재능이 없는 사람도 연습할 만한 가치가 있는 것은 그것이 우리에게 보는 법을 가르쳐주기 때문이었다. 즉 그냥 눈만 뜨고 있는 것이 아니라 살피게 해준다는 것이다. 눈앞에 놓인 것을 우리 손으로 재창조하는 과정을 통해서 우리는 아름다움을 느슨하게 관찰하는 데서부터 자연스럽게 발전하여 그 구성 요소들에 대한 깊

은 이해를 얻게 되고, 따라서 그것에 대한 좀 더 확고한 기억을 가지게 된다.(『여행의 기술』 중에서)

여행의 장소를 잘 기억하는 방법으로 관찰하고, 데생을 하면 그 장소의 빛과 냄새, 촉감까지 모든 것을 기억할 수 있다고 했다. 자연을 사랑하고 여행하는 방법으로서의 그림 그리기를 추천하고 있었다. 그리고 그 대상을 좋아하는 나를 더 잘 알 수 있다고 했다. 내가 사진 찍기에 지쳐 있던 그 부분을 정확히 집어내어 이야기하고 있었다. "그래! 이거다!" 그림 그리며 여행하는 삶을 꿈꾸며 그림을 시작하게 되었다. 그림을 그려온 지 꽤 오랜 시간이 지났다. 모든 것에 금세 싫증 내던 나는 신기하게도 지치지 않고 지금까지 꾸준히 그리고 있다.

그림을 배우는 과정이 쉽지만은 않았다. 처음에 그림을 배우기 위해 동네 조그만 화실을 다녔다. 백화점 문화센터에도 나가게 되었다. 초반에는 그냥 재미있다는 생각보다는 고되다는 생각이 많았다. 다른 사람들처럼 내 작품을 그리고 싶은데 선 연습부터 시켰다. 기본이 중요하다고 하셨다. 화실에서는 그림을 그리다가도 뒤에 선생님께서 오시면 긴장부터 됐다. 내가 그리는 게 맞는 것인가 틀린 것인가에 대해 고민하게 되었다. 선생님의 반응부터 살피다 보니 그림 그리는 동안에도 많은 생각을 하게 됐다.

그러다가 선 연습에 싫증이 나서 다른 것들을 검색해 보았다. 매주 서울의 골목길을 방문해서 함께 그림을 그리는 '어반 스케치 그림 동호회'에 들어가 정말 신나게 그림을 그리러 다녔다. 기초과정을 다 마치지 못하던 때라 그림을 잘못 그리던 시절이지만 매주 토요일 아침이면 어김없이 서울의 이곳저곳을 누볐다. 기본이 없다 보니 그림을 그릴 때마다 내 그림에 자신감이 없어졌고 주눅이 들었다. 잘 그리고 싶은 욕심은 너무 커서 남들의 그림을 따라 해보기 위해 밤에도 그림을 그렸다. 그런데 그게 생각보다 잘 되지 않는 것이다. 즐거워 그리는 그림이 아니라 공부하고 연습하려고 남의 그림을 흉내 내보는 그림이라서 그랬던 것 같다.

그림을 그린 시간을 되돌아보면 마치 인생의 여정과 비슷한 느낌이다. 처음 그림을 시작할 때는 마냥 좋아서 그렸고, 그림을 그리며 자신감이 붙을 무렵에는 남의 그림을 부러워하고 경쟁하며 그렸고, 지금은 그런 것들이 다 부질없다는 생각이 든다. 요즘은 나 자신에게 충실하기 위해 그림을 그린다. 그림은 그냥 좋아서 그리는 것이지 맞고 틀리는 것은 없기 때문이다. 그림을 그리며 나에게 집중하고, 비교하지 않고 그림을 그려야 열등감에 빠지지 않고 좋아하는 그림을 오래도록 그릴 수 있다.

그림을 그리는 과정은 살아가는 과정과 꼭 닮았다.

첫째는 남과 비교하지 않고 나를 사랑하는 태도이다. 비교는 열등감의 지름길이다. 내 그림을 가장 사랑하는 사람은 나 자신이다. 나는 그림을 그리면 완성된 그림을 책상 위 이젤 위에 펼쳐 둔다. 그러고는 방문을 열어두고 방을 나선다. 하루 중에 가장 기분이 좋은 시간이다. 열린 방문 틈으로 내 그림이 보인다. 오며 가며 내 그림을 자꾸 보게 된다. 그리고 그 방문을 열어둔 채 잠자리에 든다. 새벽에 물이라도 먹으러 깨어나면 어김없이 서재의 불을 켜고 가만히 내 그림을 들여다본다. 그 시간이 나에게는 평화이다. 아무도 좋아해 주지 않는 그림이라도 내 그림을 좋아하는 사람이 세상에 단 한 명이라면 그 사람은 내가 될 것이다. 내 그림을 사랑하는 것처럼 나는 나를 사랑해야 하고, 사랑한다.

두 번째는 그림 그리는 그 순간을 즐겨야 한다는 것이다. 지금 여기 이 순간을 즐기는 태도이다. 과거에 묶이지 않고 지금 현재 행복하게 이 순간을 즐기며, 미래에도 후회 없는 삶을 살아가는 그런 태도 말이다. 온전히 나 자신에게 집중할 수 있다는 것이다. 그림 그리는 그 시간을 좋아한다. 아무 생각 없이 몸이 움직이는 것에 맡겨 둘 수 있기 때문이다. 그 순간 내 주변의 모든 것들을 사랑하게 되고 관찰하게 된다. 내 주변에 관심을 두지 않고서는 그림을 그릴 수 없다. 주변의 작은 변화에도 반응할 줄 알아야 한다. 삶도 마찬가지이다. 과거에 집착하지 말고, 오지 않은 미래에 대한 걱정을 버리고, 지금, 여기에서의 삶에 충실할 때 행복한 삶을 살 수 있다.

세 번째는 못 그린 그림이라도 완성하고 다시 새로운 그림을 그리는 태도이다. 다시 일어설 수 있는 힘을 가질 수 있다. 그림을 그릴 때 나만의 철칙이 있다. 반드시 시작한 그림은 완성하자는 것이다. 그리다 보면 중간에 이 그림은 망친 것 같다는 생각이 떠나지 않을 때가 많다. 무엇을 더 그려야 하나, 어디를 더 칠해야 하나 온갖 고민이 그때부터 시작된다. 그런 오만 생각에도 불구하고 그림을 덮고 새 그림을 시작하지는 않는다. 망쳤다고 생각하는 그림이라도 끝까지 완성해 보는 경험이 중요하다. 그렇게 망쳤다고 생각하는 그림을 완성해 보면 새로운 깨달음을 얻게 되거나 의외로 완성된 그림이 괜찮다고 생각하게 된다. 다시 시작하면 된다. 그리다 보면 새로운 그림에서는 조금 더 나아진 나를 발견할 수 있다. 삶을 살아갈 때도 마찬가지이다. 정말 끝이라고 생각하는 순간에 희망이 싹트곤 한다. 최악이라고 생각한 순간에 다시 일어설 수 있는 힘만 있으면 언제든 다시 시작하면 된다.

결국 그림을 그린다는 것은 나와의 대화였다. 비교하지 않고 누구의 평가에도 휘둘리지 않고 그림 그리는 행위 그 자체에 집중하는 것이다. 그림은 배워서 그리는 것도 생각해서 그리는 것도 아니다. 오로지 자신이 그리고 싶은 대상에 집중하고 몸을 움직이는 것뿐이다.

매일 밤 그림을 그린다.

그림의 소재를 선택할 때 나는 나에게 묻는다. 왜 이것을 그리고 싶은지, 무엇이 내 마음을 움직이게 했는지, 나는 이런 것들을 좋아하는구나 하는 것을 알게 된다. 그리고 그림을 그리며 그 대상을 표현하는 나만의 고유성을 갖고 싶다. 누구도 아닌 나만의 그림이라는 것을 알아볼 수 있는 그런 그림 말이다.

지치지 않고, 싫증 내지 않고 그림 그리는 나를, 나는 더 사랑할 참이다.

3

극 내향 교육연구부장이 살아가는 법

나는 내향인 중에서도 최상위권에 드는 극 내향인이다. 공부로도 1등급을 못해봤는데 내향성으로는 1등급이다. 세 명 이상 모이면 대화를 하는데 부담감을 느끼는 사람이다. 그래서 대체적으로는 이야기를 많이 듣는 편이다. 나는 내가 수줍음이 많고 다른 사람 앞에 나서지 않는 내향적 성격이라는 것을 누구보다 잘 알고 있다. 하지만 교사 생활을 하며 아이들 앞에서는 제법 웃긴 이야기도 하며 수업을 한다. 아이들 앞에서 수업할 때는 부담을 못 느끼는 것이 이상하지만 생계형 내향인의 위장 전술일 수도 있고, 믿기 어렵지만 정말로 교직이 천직일지도 모른다.

지난해 교사 생활의 위기가 찾아오고 마음이 극도로 불안하던 때에 경기도 교육청에서 지원하는 '교사 마음 건강 증진 사업'에 신청해 생애 처음으로 개별 심리상담을 받을 수 있었다. 상담 첫 회기에는 나는 어떤 사람인가에 대한 검사를 진행한 후 상담을 시작했다. 선생님께서 내 검사 결과를 보시고는 나처럼 이렇게 내향적인 사람은 처음이라고 하시며 '극 내향인'이라고 하셨다. 검사 결과 그래프를 보니 내향성이 다른 항목들보다 월등히 높았다. 짐작은 했지만 내가 이 정도일 줄은 몰랐었다. '그래서 살면서 힘든 순간들이 그렇게 많았었구나.' 하고 깨닫게 되었다. 나는 나만의 동굴이 필요한 사람이라고 했다. 사람들과 어울리더라도 나만의 동굴에서 혼자 있는 시간이 누구보다 필요하다고 하셨다.

극 내향인 내가 2년 동안 학교에서 교육연구부장 업무를 담당했으니 얼마나 부담이 크고 힘들었을까 그제야 더 잘 이해하게 되었다.

학교에서 교육연구부의 역할은 여러 가지 업무도 중요하지만 우리 학교의 비전을 세우고, 학교 문화를 만들고, 평가한다. 마치 대기업의 '미래 전략실'처럼 미래지향적이고 중추적인 역할을 한다. 그래서 더 멀리 보는 혜안이 있어야 하고, 사람들과 많이 소통해야 하며, 행사를 진행하는 추진력과 창의적인 아이디어가 많아야 한다. 교육연구부장에게 필요로 하는 이 모든 역량들은 나와는 다소 거리가 있다. 그런데도 나는 중학교의 교육연구부장이었다. 그것도 자발적으로 그 업무를 맡았다. 내가 잠시 미쳤었다.

고등학교에서 20년 넘게 근무했었는데 어쩌다 중학교로 발령받게 되었다. 상상도 못할 일이 벌어졌고 발령받은 그해 나는 중학교 1학년 담임을 맡게 되었다. 그 다음은 말하지 않아도 짐작할 수 있을 것이다. 중학교 1학년 담임으로 한 해를 보내며 나는 꽹장한 문화 충격으로 심신이 너덜너덜해졌는데, 다음 해에는 무조건 비담임 업무로 빠지고 싶은 마음뿐이었다. 그래서 지원하면 무조건 할 수 있는 가능성 100%인 교육연구부장 자리를 업무 희망원에 적어 제출했고, 교육연구부장이 되었다. 사람들이 얼마나 하기 싫어했으면 아무도 지원하지 않았을까. 설상가상으로 나는 그 많은 경력에도 불구하고 한 번도 교육연구부의 업무조차 해본 적이 없는 연구부 업무에 대해 아무것도 모르는 백지의 상태였다. 저질러 놓고 후회가 밀려왔지만 이미 늦었다.

당장 해야 할 일은 2월 새 학기 워크숍을 계획하고 진행하는 일이었다. 부서원들이 결정되지 않은 상태라 겨울 방학 내내 혼자 출근하며 워크숍을 준비해야 했다. 혼자 하는 일은 일이 아무리 많아도 할 수 있는데, 전체 교사 앞에서 마이크를 잡고 진행해야 하는 일은 아무래도 걱정이 되었다. 코로나 상황의 어려움 속에서 3일 동안의 식사 준비도 해야 하고, 프로그램 계획을 짜고 준비하는 어려운 일들을 아무 도움 없이 혼자 해나갔다. 일종의 교육연구부장 데뷔 무대이기 때문에 워크숍을 잘 해내야겠다는 생각뿐이었다.

성적 관련 연수도 꼼꼼히 듣고 정리했다. 모르는 것투성이었다. 그 당시 우리 학교는 분위기가 조금 험악했었는데 큰 학교라서 선생님들끼리 서로에 대해 잘 모르고 오해하는 부분이 많았기 때문이었다. 그런 분위기에서 워크숍을 진행하고, 더군다나 업무도 미숙했던 내가 하기에는 역부족이었다. 첫날 마이크를 잡고 나서도 내가 무슨 이야기를 했는지 잘 기억도 나지 않는다.

워크숍 며칠 전부터 밤잠을 못 이루고 대본을 썼다. 해야 할 말들을 토

씨 하나도 빼지 않고 썼고 모조리 외워야겠다고 생각했다. 새벽마다 깨서는 대본을 생각했다. 그리고 계속 워크숍만 생각했다. 이렇게 큰 부담은 태어나서 처음이었다. 사람들 앞에서 어떻게 얘기할까? 걱정되었다.

좌충우돌 워크숍이 모두 끝나고 설문을 받았는데 설문에는 따뜻하게 응원해주신 분들의 의견도 많았지만 따끔한 지적도 많았다. 특히나 내 마음을 아프게 했던 것은 '수업 사례 발표, 학급 운영 발표' 한 부분이었다. 어떤 선생님들은 "이런 사례 발표하는 의도가 무엇인가? 우리한테 이렇게 수업하라는 것이냐?"라고 답변하셨는데, 내 의도와는 다르게 오해해서 받아들이는 의견들에 마음이 안 좋았다.

그다음부터는 업무를 추진할 때마다 생각에 생각을 거듭하고 선생님들 편에 서서 일을 진행하려고 애썼다. 무엇 하나라도 가볍게 넘어갈 수 있는 것은 없었다. 업무 쪽지를 보낼 때도 신경을 써서 작성하였다. 쪽지로 전달하는 것은 일의 맥락을 일일이 설명할 수 없으므로 문장 하나하나 검열하고 몇 번씩이나 확인한 후 전송 버튼을 눌렀다.

부서 선생님들께 업무를 맡기는 것도 힘들었다. '그냥 내가 하고 말지 뭐.', 아니면 '담임 선생님들 힘드실 텐데 내가 해야지.' 하는 생각을 많이 했다. 그러다 보니 어떨 때는 업무 담당 선생님과 나 사이에 사인이 안 맞아 일을 두 번 하는 경험도 있었다. 업무를 할 때마다 계속 결정을 내려야 하는 사안에 관해서는 판단이 잘 서지 않아 우물쭈물할 때도 있었다.

매달 진행하는 현직 연수 진행도 쉽지는 않았다. 그러다 생각해 낸 것이 연수 시작 전 좋은 글귀 같은 것을 준비해서 선생님들께 들려드렸다. 좋은 글들을 찾아보고 선생님들께 감성적으로 접근하려 했다. 이런 노력을 선생님들께서도 많이 공감해 주셔서 다행이라고 생각했다.

학교의 협의회란 협의회에도 다 들어가 있어 거의 모든 회의에 참석하게 되었는데 내 의견을 말하기보다는 선생님들의 얘기를 듣는 자리, 그리고 학교의 중요한 사안이 결정되는 과정이 민주적이고 투명해진다는 것에 의의를 두고 참석하였다.

이런 스트레스 받는 과정에도 불구하고 교육연구부장을 하며 얻은 것도 많이 있다.

학교를 보는 거시적인 눈이 생겼다는 것이다. 전체 부서가 어떤 사업을 벌이는지, 우리가 어떤 비전을 갖고 올해 학교 교육과정을 운영해야 하는지에 관해 관심을 가지게 되었다. 예전에는 우리 반만 보며 학교생활을 하였다면 좀 더 크고 장기적인 안목을 갖게 되었다는 것이다. 그렇게 됨으로써 학교의 결정 과정의 맥락을 이해하게 되고 좀 더 수용적이고 적극적인 태도를 갖게 되었다. 그리고 내가 이 상황에서 무엇을 해야 할 것인가에 대해 파악할 수 있었다.

또한 학교의 모든 구성원에게 관심을 갖게 되었다. 사소한 이야기도 귀담아들으려고 했다. 선생님들과 얘기를 많이 하려고 애썼고, 행정실 주무관님들, 청소 여사님, 실무사 선생님들까지 인사라도 한 번 더 하게 되고 그들이 하는 얘기도 많이 듣게 된다. 예전의 나였다면 인사만 하고 후다닥 자리를 피했을 텐데 자리가 사람을 만든다고 내가 이렇게 많이 변했나 싶다.

그리고 내가 할 수 있는 일의 범위를 깨닫게 된 점도 있다. 내가 잘하는 것과 못하는 일을 알게 되었다. 그래서 내가 더 잘하는 일을 내가 더 많이 하고, 내가 못하는 일은 다른 선생님들께 정중하게 부탁하는 선택과 집중의 전략이 필요하다는 것도 알게 되었다.

여러 사람과 함께 일을 하다 보니 처음에는 힘들어서 집에 가서 멍하게 앉아 있는 시간을 길게 하고, 아침 시간에는 일찍 일어나 명상과 요가 같은 것을 하기도 했다. 그런데 지금에 와서 생각하면 사람에게 상처도 받지만 사람에게 에너지와 응원도 받게 된다. 그 에너지는 업무를 지속시킬 수 있는 원동력이 된다.

그럼에도 불구하고 나는 다시는 교육연구부장을 자발적으로 하지 않을 것이다. 혹시라도 관리자가 내게 학교 사정상 어쩔 수 없으니 한 번만 맡아달라고 부탁하신다면, 그때는 야멸차게 거절하지는 못할 수도 있을 것 같지만 말이다.

극 내향 성향인 나는 생존을 위해서 다른 가면을 쓸 수 있다는 것을 알게 되었다. 하지만 그것들이 스트레스로 너무 힘들지만은 않았다. 그것은 학교라는 공동체 안에서 했기 때문에 가능했던 것 같다. 사람에게 상처도 많이 받지만 역시나 학교 안에서 응원받고 지지받을 때 우리는 다시 일어설 수 있는 힘이 생긴다.

4

세상의 모든 수학

수학은 내게는 애증의 대상이다.

수학 문제를 풀 때면 아무 생각 없이 집중이 잘되기도 하고, 수업을 위해 어쩔 수 없이 풀어야만 할 때는 지겨운 밥벌이 수단이기도 하다.

나는 고등학교 때 수학을 그리 잘하지는 않았다. 수업 시간에는 집중해서 수업을 들었다. 선생님의 설명을 들으면 모르는 것은 없었다. 그런데 문제만 풀면 내 생각과는 달리 잘 풀리지 않는 것도 있었다. 공부를 해도 성적이 잘 나오지 않아서인지 수학 수업 시간은 좋았지만, 수학 공부하는 시간이 그리 좋지만은 않았다. 그래서 중간 정도의 성적을 유지했었다. 이런 내가 대학에 진학할 때는 수학과에 진학하게 되었다. 여러 가지 속사정이 있었지만, 여기에서 그 얘기를 다 할 필요는 없고 그 주된 이유는 나와 내 부모님의 '무지(無知)' 때문이었다.

어쩌다 보니 하게 된 선택이었지만 그럼에도 불구하고 대학 전공으로서의 수학은 예상외로 내가 생각한 공부 방식과 꽤 잘 맞았다. 반전이었다. 대학에서 배우는 수학은 문제만 풀지 않았다. 일단 왜 이런 개념이 필요한지에 대한 맥락을 먼저 설명하고, 용어를 정의하고, 그 용어들로 정리라는 것을 만들어 낸다. 그리고 그 정리들을 바탕으로 따름정리들이 다시 만들어진다. 그 과정을 바탕으로 꼬리에 꼬리를 물고 또 다른 개념으로 심화 확장하게 된다. 그리고 이 모든 과정을 내가 잘 이해했는지 연습 문제를 스스로 풀어보면 된다. 교수님들의 설명을 듣는 것이 너무 재미있었다. 그리고 생각의 흐름을 따라가는 과정이 흥미로웠다. 내 생각의 흐름이 수학이 발전해 온 역사와 같았다. 연습 문제를 풀다 보면 잘 안 풀리는 것도 있는데 그럴 때는 다시 교과서의 앞부분으로 넘어가 개념을 다시 살펴보고 더 정확하게 이해하려고 했다. 잘 안 풀리는 문제라도 시간을 들여 시도하면 풀리기도 하고, 어떨 때는 며칠씩 그 문제만을 생각할 때도 있었다. 문제가 풀릴 때의 쾌감은 그 어떤 것보다 컸다. 점점 수학의 매력에 빠져들었다.

수학을 전공하면서 더 깊은 공부를 해보고 싶다는 생각을 잠깐 했지만, 부모님의 바람대로 임용 고사를 보고 수학 교사의 길을 걷게 됐다.

처음 발령받은 곳은 경기도 비평준 최하위 인문계 고등학교였다. 아이들은 수학에 아무런 관심이 없었다. 이들에게 수학은 아무런 쓸모없는 과목이었다. 개념 설명 같은 것은 모두 뛰어넘고 아주 간단한 계산들만 학습지로 매일 연습을 시켰다. 수학을 가르치되 수학이라고 할 수 없는 것들을 가르쳤다.

첫 학교 이후 나는 학력 수준이 높은 고등학교에서 꽤 오랜 시간 근무를 했다. 첫 학교와는 극과 극에 대치된 학교였다. 아이들과 학부모의 관심은 오로지 대학 진학뿐이었고, 그들에게는 수학은 굉장히 중요한 과목이었다. 이제 좀 제대로 된 수학 수업을 할 수 있겠다는 기대가 있었다. 하지만 그 기대는 곧 무너졌다.

내가 대학교 때 공부했던 방식으로 아이들이 이해하기를 바랐다. 조금 늦더라도 완벽한 이해를 하고, 수학의 본질과 아름다움을 함께 느끼면 좋겠다고 생각했다. 내가 좋아했던 수학 공부 경험들을 염두에 두고 수업을 준비했다. 하지만 아이들은 내 생각과 매우 달랐다. 학원에서 이미 선행학습을 한 아이들은 내가 가르치는 개념 설명은 시큰둥했다. 그리고 문제를 풀 때는 내가 풀어내는 과정은 지루하게 생각했고, 학원에서 배운 빠르게 해결하는 방법을 나에게 다시 설명해 주었다. 그들이 내게 원하는 것은 수학의 아름다움이 아니었다. 수능시험에서 단 1점이라도 올릴 수 있는 문제 풀이 기술이었다. 나는 수학 문제 푸는 기계가 되어야 했던 것이다.

고등학교 3학년 수업을 오랫동안 하게 되었는데 그때부터는 나도 어쩔 수 없이 시대의 흐름, 아이들의 바람과 타협하게 되었다. 당장 대학 입시를 앞둔 학생들이었다. 그들의 절박한 마음을 알았기 때문에 수업은 문제 풀이 위주로 바뀌게 되었다. 수업 준비를 위해 나는 엄청난 양의 수학 문제를 매일 풀어야 했다. 학생들이 듣는 인터넷 강의도 보았고, 어떻게 하면 문제를 빨리 푸는 기술을 알려줄까 고심했다. 내가 알려주는 문제 푸는 기술을 좋아하는 학생들이 많아졌다. 이렇게 20년이 흐르는 동안 내게 의미있던 수학의 본질은 흐릿해져만 갔다.

또한 대학수학능력시험으로서의 수학은 만만한 것은 아니었다. 아이들이 질문하는 모든 문제에 답을 하지는 못했다. 갑자기 가지고 오는 문제들이 풀리지 않을 때 나는 식은땀을 흘리고 부끄러워했다. 그래서 밤마다 수학 문제를 풀었다. 문제를 풀고 싶어 푼다기보다는 풀어야 하니까 풀었던 것이다. 그때를 돌이켜 보면 수학 문제를 풀던 밤이 너무 지겹고 싫어 그 상황을 벗어나고만 싶었다. 가르치는 내가 이렇게 싫은데 아이들은 또 얼마나 수학이 싫었을까.

그러다가 예기치 않게 중학교에 발령받고, 중학교 1학년 수학을 가르치게 됐다. 또 한 번의 위기가 찾아왔다. 중학교에서의 수학 수업은 더 만만치 않았다. 처음에는 고등학교에서 했던 것처럼 학습지를 만들어 많은 문제를 아이들과 풀어보았다. 집중력을 가지고 문제를 푸는 아이는 상위권 몇몇에 불과했다. 중학생들에게 수학 개념을 설명하는 것은 쉽지 않았다. 직접 체험해 보는 활동을 통해 스스로 개념을 터득할 수 있도록 해야 했다. 쉬운 언어로 생활 속의 단서로부터 설명을 시작해야 했다. 아이들의 수준에 맞는 수업을 지금까지도 찾고 있다. 수학 개념이 쉽다고 해서 수업 준비 시간이 줄어든 것은 아니었다.

쉬운 언어로 아이들에게 수학 개념을 설명할 방법을 찾는 것도 처음에는 막막했다. 다행히 중학교 선생님들이 수업자료를 공유한 카페에서 많은 도움을 받을 수 있었다.

수업이 거듭될수록 내가 모든 것을 설명하기보다 학생이 스스로 수학의 개념을 깨달을 수 있도록 안내자의 역할만 하면 된다는 것을 깨달았다. 사고의 과정을 통해 앎의 기쁨을 느낄 수 있게 수업해야 한다는 것도 시행착오를 통해 알게 되었다. 특히나 중학교 1학년은 지필고사를 보지 않기 때문에 느리더라도 함께 갈 수 있는 수업이 가능했다.

또 하나 큰 산이 있었는데 그것은 자유학년제 수업이었다. 고등학교에서 주어진 교육과정대로 문제 푸는 법만 가르치다가 교과서도 없이 내가 스스로 교육과정을 만들어야 하는 수업을 할 수 있을까 덜컥 겁이 났다. 17차시의 수업을 나 혼자 짜려니 처음에는 막막했다. 하지만 이미 정착 중인 자유학년제 관련 자료는 엄청나게 많았다. 수업 준비를 위해 시간을 많이 들였다. 수학의 쓸모에 대해 함께 고민하면 좋겠다는 생각에서부터 [세상의 모든 수학]이라는 수업을 계획했다. 항상 아이들에게 듣는 질문이 "수학 배워서 어디에 써먹어요?"였기 때문에 이 질문에 대해 함께 답을 찾아보고 싶었다.

이 수업은 3년 정도 지속하면서 수업 내용이 많이 보완되어 완성도가 높아졌다. 예를 들면 내가 태어난 해부터 현재까지 매해 내 생일날의 날씨를 조사한 후 그래프를 그려보는 수업이다. 이 수업의 궁극적 목적은 그래프를 읽고 해석해보는 것이었다. 그래프를 통해 실제로 지구가 뜨거워지고 있는지를 스스로 근거를 들어 주장하고 설명하는 수업이다. 자신의 삶이 세상으로 확장되는 경험을 아이들과 함께해보고 싶었다.

또 다른 수업은 내게 주어진 일주일 168시간의 생활을 시간순으로 표로 정리해보고, 자신이 제일 많이 사용하는 시간의 비율을 계산해 보는 수업이다. 이 수업은 버려지는 시간은 없는지 확인하고, 시간의 소중함을 직접 느껴볼 수 있는 수업이다. 나만의 행복 공식 만들기 수업도 아이들이 잘 따라오고 활발하게 발표했던 수업이다. 이런 수업들을 통해 아이들이 수학이 우리의 삶 속에서 유용하다는 것을 직접 알아가기를 바랐다.

돌이켜보면 중학교와 고등학교에서 수학을 가르친 경험은 내게는 참 행운이었다. 이런 경험들을 통해 많은 고민과 시도를 하게 되었다. 내가 만약 다시 고등학교에 가서 수업하게 된다면 이전처럼 문제만 푸는 수업을 하지는 않을 것이다. 조금 늦더라도 스스로 생각해 볼 수 있도록 아이들에게 기회를 주고 싶다. 여전히 현실과 타협해야 하는 부분이 있겠지만 말이다.

학생들은 수학을 대학 입시를 위해 어쩔 수 없이 해야 하는 과목으로 오해하고 있다. 나는 이런 수학이라면 포기하고 싶다. 당당히 '수포자'가 되고 싶다. 하지만 학생들에게는 너희가 아는 수학은 수학의 아주 일부일 뿐이라고, 아름다운 수학의 깊은 바다에 같이 한번 빠져 보지 않겠냐고 권하고 싶다.

만족도 높은 학기말 교사
마음나눔 프로그램

학교는 정말 바쁘다. 바쁘게 사느라 옆 선생님과 살갑게 이야기를 나눌 새도 없이 하루가 흘러가 버린다. 학교에서 교사들끼리 만나는 시간은 교직원 회의 시간이나 전 교사 연수 시간이 있다. 그런 시간들은 공식적인 자리들로 학교 현안을 논의하거나, 끝도 없는 연수를 진행하느라 서로에 대한 안부나 관심을 표하기에는 적당하지 않다. 전문적 학습 공동체 등의 소모임도 있지만 전체 선생님이 모이는 자리는 아니다.

새 학기 시작 전 하는 워크숍을 시작하는 아이스 브레이킹 목적이나 방학식을 맞아 전체 선생님과 소통할 수 있는 마음나눔 행사 같은 때 활용하면 좋은 프로그램을 소개한다. 실제로 이 프로그램들은 우리 학교 수석 선생님과 몇 분의 선생님께서 머리를 맞대고 생각한 프로그램이다. 이 프로그램은 선생님들께는 부담을 덜 드리며, 함께 마음을 나눌 수 있는 방법이다. 실제로 우리 학교는 경기도에서 제일 큰 규모의 중학교이며, 교사 수는 90명 정도이다. 학교가 너무나도 크기 때문에 서로 얼굴도 모르고 지나가는 경우가 많아 여름 방학식 날에 자리를 마련하였다. 한 모둠당 8명 정도로 미리 뽑아 원탁에 자리를 배치하고 진행했다. 모둠별로 진행된 프로그램이라 잘 알지 못했던 선생님들과 한 모둠에서 두 시간 정도 서로에 대해 더 잘 알 수 있도록 프로그램을 기획하였다. 이 모든 프로그램을 진행하면 2시간 정도가 소요된다.

1. 이름표 직접 만들기

탁자 위에 미리 준비해둔 빈 스티커와 펜을 활용한다. 이름표에는 자신의 이름, 부서 등을 기입하고 오늘의 스트레스 지수는 10점 만점에 몇 점인지 숫자로 적도록 하였다. 이름표가 다 만들어지면 옷에 붙이고 모둠별로 돌아가면서 자신을 소개한다. 스트레스 점수를 왜 그렇게 주었는지에 대해 이야기하다 보면 자연스레 래포가 형성되기 시작한다. 사회자는 모둠별 소개 시간을 준 후 각 모둠에서 가장 스트레스 지수가 높은 사람과 낮은 사람을 뽑아 미리 준비한 선물을 증정한다.

2. 빗속의 사람 그리고 해석(스트레스 지수 알기)

"비가 내리고 있어요. 빗속의 사람을 그려주세요. 만화나 막대기 같은 사람이 아닌 완전한 사람을 그려주세요. 형태, 크기, 위치. 방법 등 자유롭게 그리면 돼요." 5분 동안 그림을 그린 후 자신의 스트레스 지수를 진단한다.

스트레스 상징 : 비, 구름, 웅덩이, 번개

스트레스 대체기제(보호물) : 우산, 비옷, 장화, 기타 보호물

정서와 상태 : 사람의 크기, 표정, 그림 속 사람의 상태

낮은 스트레스 : 적은 양의 비, 적절한 보호물, 장치, 완전한 보호, 옷을 입고 있는 인물, 얼굴과 표정을 볼 수 있음, 중심에 있는 인물

높은 스트레스 : 많은 양의 비, 보호물이 없음, 비에 젖은 모습, 바람, 번개, 화살, 먹구름, 웅덩이, 매우 작거나 큰 인물

하마터면 이것도 모르고 교사로 살 뻔했다

3. 우리 학교 TMI OX 퀴즈

모두 뒤쪽으로 나가서 OX 퀴즈에 참여하면 된다. O와 X 사이에 기다란 줄을 놓고 최종 한 명이 남을 때까지 계속 문제를 낸다. 문제는 대체로 우리 학교에 관한 내용으로 하면 된다. 예를 들면 "우리 학교 도덕 교사는 5명이다.", "우리 학교에는 전직 가수가 근무하고 있다." 등으로 쉽게 알 수 있는 것부터 사람들에게 잘 알려지지 않은 것까지 문제를 낼 수 있다. 이 문제를 푸는 동안 서로에 대해 더 많이 알 수 있다.

4. 사진 한 장과 이야기

다시 모둠원들과 하는 활동이다. 한 학기 동안 가장 인상적이고 의미 있는 사진 한 장씩을 선생님들 개인 휴대폰에서 고르고 안내한 패들릿에 사진을 올려달라고 부탁한다. (행사 참석 전에 휴대폰을 모두 가지고 참석할 것을 안내한다.) 패들릿에 올라온 모둠원들의 사진을 보고 왜 이런 사진을 골랐는지를 돌아가며 이야기한다. 그리고 모둠원들이 뽑은 최고 사진을 고른다. 사회자는 최고 사진 주인공의 이야기를 전체 선생님과 들을 수 있도록 진행한다.

5. 모둠원에게 포스트 잇 응원 쪽지 적기

활동을 마친 후 옆자리 모둠원에게 한 학기 동안 수고했다는 의미로 응원 쪽지 작성하여 붙여주는 것으로 모든 프로그램을 마친다.

엄숙용

삼
20

과거, 현재 그리고 미래

살아오는 동안 받은 도움에 감사함을 전하며,
나도 학생들을 돕고자 다짐했다네.
힘든 여정이지만 좋은 어른과 제자와의 만남이
나를 밝은 교육의 길로 이끌어주네.

교사 성장 HIDDEN TIP

건강한 교사로 사는 방법

1

살아오는 동안 나를 도와준 은인들

나는 복숭아·배 과수원 그리고 소를 키우는 축산업을 주업으로 삼는 시골 동네에서 4살부터 중학교 졸업할 때까지 살았는데 읍 단위 시내에서도 멀리 떨어진 청정 마을에 사는 아이였다. 어린 시절 어떻게 놀았는지 이야기를 가끔 말하다 보면, 또래보다는 한참 위인 50~60년대생 선배들과 공감대가 잘 형성되었다.

동네 애들 시켜 잡아 온 개구리는 한 손에 잡았을 때 살이 삐져나오는 큰놈들만 골라 낫으로 반을 가른 후 나뭇가지에 줄줄이 꽂아 동네에 있는 빈집 벽지를 뜯어 불을 피우고 소금을 뿌려 먹었다. 풀숲을 살살 밟거나, 소 밥 주려고 키운 옥수수밭 중간중간에 있던 웅덩이에 들어가 똥뱀을 발견하면, 여러 마리를 잡아다 사이다병에 넣어두고, 동네 애들과 모여 뱀 꼬리를 잡고 뺑뺑 돌리다 건물 뒤 벽 중 가장 높이 뱀을 붙이는 사람이 이기는 내기를 했다. 돌들을 쌓아 모아두고 그 안에 뱀과 개구리를 넣어 관람한다든지, 밤에 묘지에 가서 무덤 위에 눕고 오는 담력 테스트는 기본이었다. 중학교 2학년까지 자연을 벗 삼아 재밌게도 놀았다. 지금 생각해 보면 시골에 사는 특혜 아닌 특혜로 골목대장 여학생으로 인생을 살았던 것 같다. 놀거리도 없고 주변에 배울 거라곤 자연에서 얻는 것밖에 없던 시골 환경에서 갑자기 중3부터 예고 준비한답시고 피아노에 매진하지 않았다면 나는 지금쯤 뭘 하며 살고 있을까. 궁금하다.

그런 시골 환경에서도 우리 엄마는 딸 셋에게 피아노를 가르치고 싶어 했다. 비싼 학원비를 낼 수 없었던 엄마는 본인이 배운 후 우리에게 가르치기 위해 매주 토요일마다 새벽 기차를 타고 피아노를 배우러 다녔다. 당시 서울에서 기독교 관련 교육을 받으시던 중 같이 공부하시는 분을 통해 피아노 선생님을 만나게 되었는데, 새벽 기차를 타고 다니면서 레슨비 대신 깨, 배, 고추장 등을 포장해서 드렸던 것이 생각난다. 어느 날 아빠가 큰 결심을 내려 24개월 할부로 피아노를 사주었고, 그때부터 피아노는 우리 가족의 삶에 깊이 스며들게 되었다.

나는 엄마에게 7살부터 피아노를 배우다가 6학년부터는 엄마의 피아노 선생님에게 피아노를 배우러 다녔다. 혼자 새벽 기차 타고 군포로, 선생님이 이사하신 후부터는 동서울 터미널 쪽으로 버스를 갈아타며 다녔다. 그렇게 나는 부모님 이외 내 인생의 첫 번째 은인을 만나게 되었다. 그분의 이름은, 이ㅇ경 은사님이시다. 내 동생들은 중학생이 되면서부터 같이 배우러 다녔는데, 레슨비를 조금만 받으셨기에 버스 타러 가는 나와 동생들 손에는 항상 시골에서 나는 특산품들이 들려 있었다. 그렇게 딸 셋은 피아노를 배우다가 나는 피아노 전공으로 예고를 거쳐, 대학과 대학원은 음악교육과를 전공했으며, 둘째는 작곡 전공으로, 막내는 파이프 오르간 전공자가 되었다. 현재 나와 둘째는 경기도에서 음악 교사로, 막내는 부여에서 목회자 사모로 활동하고 있으니 이ㅇ경 은사님을 만나지 않았더라면 나와 내 동생들의 삶은 지금과는 많이 바뀌었을 것이다. 그리고 그 이전에 딸들 레슨비를 감당하지 못해 본인이 피아노를 배워 자식들을 가르치겠다는 멋진 생각을 엄마가 하지 않았다면, 새벽 기차와 시외버스를 타는 엄마와 딸들을 데려다주고 밤늦게 데리러 와주셨던 아빠가 없었다면 이 글을 쓰는 나 자신을 만나지 못했을 수도 있다.

나에게 피아노를 가장 잘 쳤던 시절을 뽑으라고 한다면 단연코 중학교 3학년이라고 말하고 싶다. 그 당시 나는 학교에 미리 말하고 2교시가 되면 무단조퇴를 한 후 집에 와 새벽 1시까지 피아노를 연습했다. 내 인생에서 뼈를 갈아 넣는 심정으로 노력했던 대단한 순간들이었던 것 같다. 나는 피아노 치는 게 지겨울 때마다 괜히 냉장고 문을 여는 척 나와 딴짓을 했었는데, 입시가 가까워질수록 엄마는 피아노 방에 아예 간식을 넣어주셨다. 또, 내가 피아노를 연습하다 잠들어 있으면 '자더라도 피아노에 앉아서 자라.'고 나를 피아노에 끌어다 앉혀 주시곤 했다. 이런 엄마의 단호함이 없었다면 나는 그 짧은 시간에 예고를 준비해서 합격하지 못했을 것이다. 동생들도 거실에서 TV 소리가 들리지 않게 조용히 보다가 내가 화장실 가려고 나오면 후다닥 전원을 끄고 TV를 안 보는 척하며 도와줬다. 나중에 예고에 들어가서 알게 된 사실인데 어떤 친구들은 10살 때부터 교수 레슨을 받았고, 어떤 친구들은 피아노 선생님만 3명이 있었다고 말했다. 그 친구들에 비하면 나는 레슨 받으러 가는 데만 왕복 3~4시간이 걸렸고, 한 달에 2~4번 정도밖에 레슨을 받지 못했으니 정말 적은 돈과 시간으로 합격했던 것이었다.

하지만 그렇게 예고에 입학하고 얼마 지나지 않아 나의 피나는 노력이 어느 순간 어깨가 망가지면서 인생의 패배를 느끼게 되는 순간을 맞이하게 되었다. 고2가 되어서는 두 팔을 90도 가까이 위로 들지도 못하는 수준에 이르렀다. 학기 말에 평가하는 향상 음악회도 10분 연습하면 50분을 스트레칭한 후에 다시 10분 치는 것을 반복하며 연습해 겨우 성적을 받았으니 이대로는 예고를 계속 다닐 수도 없는 노릇이었다.

당시에는 장학생으로 선발되어, 1학년부터 졸업할 때까지 평균 80점을 유지한다면 ○○ 재단에서 학기마다 주는 50만 원 장학금을 받으며 공부할 수 있었다. 그러나 가정 형편을 생각한다면 장학금을 받으면서도 서울에서 자취하며 연년생 동생 2명을 두고 있는 맏딸로서, 항상 마음의 부담을 안고 있었다. 거기다 어깨까지 무너졌기에 피아노과로 대학 진학은 어려울 것으로 판단하여, 인문계 고등학교로 전학해야 할지, 아니면 예고 졸업 후 피아노 학원 원장이라도 해가면서 살아야 할지에 대한 고민을 했는데, 이 모든 일은 내 나이 겨우 낭랑 18세 때의 일이었다.

어느 날, 내 인생의 두 번째 은인이라 생각하는 동번 언니(1학년 13번이었던 나와 자매로 맺어진 2학년 13번이었던 언니)가 나를 복도로 불러냈다. 언니는 이번에 한국교원대에 합격했다면서 학교를 소개해 주고 너도 이 학교에 오면 좋겠다고 말했다. 지금 생각해 보면 본인이 2학년 때 만난 동번 동생을 아끼다 못해 자신이 합격한 대학교까지 나를 데려가고 싶어 하는 언니가 정말 고마운 상황이었는데, 당시 나는 평생을 바친 피아노를 포기하고 인문계에 가서 다시 공부해야 한다는 절망적인 생각밖에 없었기에 그 말이 고마운 줄도 몰랐던 것 같다. 그 말을 들은 주말에 집에 내려갔다가 지나가는 말로 아빠한테 말했다.

"한국교원대라는 학교를 선배 언니가 합격했대. 학비가 무료고 전원 기숙사 생활에 혜택도 많다고 하는데 처음 들어보는 학교야."

한 주가 지나고 다시 집에 내려가니 아빠가 두꺼운 대학교 소개 책자를 펼쳐 보여줬다. 그 학교가 기숙사도 2년 공짜에 학비 4년 무료고 기성회비만 60만 원을 내면 된다고 벌써 그 대학에 내가 합격한 것처럼 좋아하셨다. 그리고 무엇보다 자취했던 딸 걱정에 잠을 못 주무셨었는지, 합격하면 기숙사에서 살 수 있다는 게 가장 마음에 드신다며 이 학교에 가면 좋겠다고 환한 얼굴로 말씀하셨다.

갑자기 복도에서 선배가 했던 말들이 떠올랐다.

"여기는 피아노 2곡만 준비하면 되고, 다른 실기들이 많아. 너 정도면 피아노는 그만 쳐도 돼. 공부만 잘하면 돼."
'피아노는 그만 쳐도 된다고 했던 것 같은데. 나 전학 안 가도 되나?'

나는 고2 여름 새로운 희망을 품고 공부에 매진하기로 결심했다. 연년생 세 자매의 맏딸이라는 부담이 있던 나로서는 학비가 4년 무료라는 점이 공부 동기를 크게 일으키고도 남았다. 예고 강사 선생님께 한국교원대를 준비한다고 말하니 레슨은 일주일에 한 번만 받아도 된다고 하셨다. 다른 피아노과 친구들과는 달리 피아노는 더 이상 장시간 칠 필요는 없었으나, 한국교원대에 떨어질 가능성도 있어 자유곡 1곡은 완성해 놓고, 음악 대학 지정곡으로 예상한 곡들은 차근차근 하루 2시간씩만 투자해 완성해 갔다.

문제는 공부였는데, 과외나 학원에 다닐 형편이 되지 못했던 나는 꼬박 3일 동안 서점을 드나들며 내 수준과 나에게 맞는 공부법으로 풀이가 되어 있는 문제집으로 각 과목당 1개씩 골랐고, 각각 3번씩 풀었다. 수학은 수학 I을 혼자 미리 공부하다 포기하려고 했으나 갑자기 예체능계는 공통 수학만 하는 것으로 교육과정이 바뀌었다. 기쁜 마음으로 쉬운 문제만은 다 풀어버리겠다는 목표를 갖고 교과서로만 처음부터 끝까지 3번씩 풀었다.

처음에는 점수가 안 올랐지만, 고3이 되면서 모의고사가 20점이 오르고 50점이 오르더니, 수능 결과는 5% 안에 드는 성적표를 받게 된다. '이야…….' 수능 대박이었다. 아직도 기억난다. 수능 다음 날 예상 점수를 써낸 종이를 걷다가 내 얼굴과 종이를 번갈아 쳐다보시며 놀라는 담임 선생님의 얼굴이. 전교 1, 2등 하던 애들이 정말 그 점수 맞냐고 물어보던 표정이.

나중에 성적표가 나온 후 아빠처럼 따르던 수학 선생님이 '우리 ○○이 아빠한테 수능점수 좀 보여줘 봐.'라고 하셔서 보여드리자, 뿌듯함과 감격이 섞인 표정으로 교무실에서 크게 칭찬해 주셨다. 수학 선생님이 수능 5% 안에 들었다는 것이 대단한 일이라고 설명해 주지 않았다면 학원도 안 다니고, 성적 관리도 받지 못했던 나는 그게 그렇게 대단한 일인지도 몰랐을 것이다. 일 년 반 정도 공부에 매진한 거에 비해 엄청난 성적을 이룬 것이었다. 수능 대박에 내신도 탄탄했는데, 고등학교 내내 장학금을 받기 위한 목적으로 매 수업 시간 똘망똘망한 눈으로 선생님만 쳐다보며 수업을 들었기 때문이었다. 그리하여 원서 쓸 때 100점 만점 과목들로만 골라 쓸 수 있었다.

이제, 음악교육과에 합격하기 위해서는 실기에 집중할 필요가 있었다.

피아노과는 피아노 실기만 준비하면 됐는데, 한국교원대는 당시 전공 실기(피아노)뿐 아니라 장구 장단(민속악, 정악), 성악 실기(이태리나 독일 가곡 중 1곡, 한국 가곡 1곡), 피아노 스케일, 시창, 청음 등을 준비했어야 했다. 다른 실기는 예고 다니면서 배웠던 거라 괜찮은데 장구와 성악이 문제였다.

당장 집에 장구도 없었는데, 당시 고1이던 막내의 담임 선생님이 대금을 전공하신 국악 선생님이라는 것을 알고 장구를 빌리고자 연락드렸다. 장구를 빌려줄 수는 없지만 감사하게도 재능 기부를 해주시겠다며 본인이 계신 학교 음악실로 오라고 말씀하셨다. 그렇게 나는 내 인생의 3번째 은사님을 만나 고3 여름 방학과 겨울 방학 동안 장구 레슨을 여러 번 받았고 그 학교에서 연습도 할 수 있었다.

성악은 더 극적으로 내 인생의 4번째 은사님을 만나 배울 수 있었다. 고3 당시 예고 피아노 선생님께 레슨을 받고 있었는데, 연습실에 잠깐 들르신 남편분께서 어느 대학을 목표로 하냐고 물어보셔서 선생님이 대신 내 이야기를 해주셨다. 성악 레슨은 누구한테 받고 있냐고 물어보셔서 받은 경험이 없다고 말씀드리자, 즉석에서 피아노 레슨 끝나면 본인이 한번 테스트 봐주시겠다고 말씀하셨다. 그렇게 고3 여름방학부터 입시가 있는 이듬해 1월까지, 발성과 호흡 기초부터 시작해 노래 부르는 법을 선생님의 남편분께 배웠다. 내 목소리 톤과 음역에 어울리는 이태리 가곡과 한국 가곡을 골라주셨고, 1년만 재수하면 성악 전공으로도 서울에 있는 이름 있는 대학에 진학시켜 줄 수 있다고 말씀하실 정도로 열정적인 레슨을 해주셨다. 사실 나에게 성악 재능 기부를 해주신 그분은 무려 국립합창단 지휘자셨다. 당시 돈으로 레슨비를 환산할 수 없는 분이셨다.

일주일에 한 번 피아노 선생님께 기본 5만 원 레슨비를 드렸던 나는 어머니가 마련해주신 또 다른 5만 원짜리 봉투를 장구와 성악을 가르쳐주신 선생님께 인사차 작은 성의로라도 드리려 했다. 그러나 그분들은 제자를 키운 게 아니라며 받을 수 없고, 다음부터 봉투를 가져오면 수업을 안 해주실 거라고 단호하게 말씀하셨다. 제자를 키운 게 아니라니. 학생의 부담까지 없애주시는 존경스러운 나의 은사님들이시다. 대학 합격 후 지금까지 연락처도 알 수 없고, 당시에도 제대로 인사를 드리지 못했지만, 내 마음속에는 항상 감사한 마음을 갖고 있다. 그리고 나도 그분들과 같은 마음으로 재능 기부를 하면서 살아야겠다는 다짐이 마음속에 자리 잡았다. 나의 은사님들은 한 학생의 미래를 위해 자신의 시간과 재능을 내어주신 내 인생의 은인들이었다. 그분들의 재능 기부로 한 사람의 음악 교사가 탄생했다.

하마터면 이것도 모르고 교사로 살 뻔했다

2

좋은 어른과 나쁜 어른

나는 교사가 되면 학교 아이들을 위해 내 연봉 10분의 1을 기부해야겠다고 생각했었다. 초임 발령을 받았을 때, 나는 밴드부 동아리를 학년별로 만들어 운영하고 싶었다. 하지만 예산이 없어 당장 지원을 받을 수가 없었다. 다행히 선배 교사들이 알려줘서 특기·적성 프로그램 관련 공문을 찾아 신청해 최대 240만 원의 수당과 60만 원의 발표회 지원비를 받을 수 있었다. 문제는 악기는 지원받을 수 없다는 점이었다. 악기 기부를 하고 싶어도 신규 교사 월급으로는 당장 드럼 한 대 살 돈도 없었다.

당시 동생이 CCM 가수로 활동 중이던 최ㅇ혁 집사님의 악보 사보를 돕고 있었는데 그분 콘서트 때 음향을 담당해 주시던 은ㅇ음향 사장님을 소개받았다. 낙원상가에도 가게가 있다고 들어서 악기사 사장님인 줄 알고 전화번호와 강ㅇ중 사장님이라는 이름 하나만 가지고 겁도 없이 전화를 드렸다.

"안녕하세요? 저는 ○○ 중학교에 근무하는 음악 교사입니다. 동생이 최○혁 집사님과 잘 아는 사이라 소개받고 전화드립니다. 제가 학교에 5인조 밴드를 만들려고 하는데요. 드럼 한 대, 베이스 기타 한 대, 전자 기타 한 대, 신시사이저 한 대가 필요합니다. 그런데 학교에 예산이 없어서 제가 특기·적성 수당을 받고 드리려면 2학기나 되어야 드릴 수 있는데요. 혹시 악기 먼저 받고 돈은 나중에 드려도 될까요?"

지금 생각해 봐도 나는 보통 배짱이 아니었던 것 같다. 무모할 법한 내 말에도 사장님은 시골 학교에 오랜만에 가보고 싶다고 혼자 차에 악기들을 싣고 서울에서부터 내가 근무하는 학교로 배달까지 해주셨다. 나중에 안 사실이지만 사장님은 악기사를 운영하는 것이 아니라 조용필 등 유명 가수들 콘서트에 사용되는 국내 최고 음향 장비들을 운영하시면서, ○○○○ 엔터테인먼트 대주주 중 한 분이셨다. 음향 회사라 악기를 취급하지 않으셨으니, 악기를 잘 아는 젊은 직원들에게 학생들이 연주하기 좋으면서도 가성비가 좋은 악기들을 알아보게 시키시고, 직접 악기들을 눈으로 확인하신 후 인터넷 최저가보다 싼 가격으로 300만 원(기부할 목표 금액)에 맞춰 갖고 온 것이었다. 언제 받을지도 모르는 돈인데, 계약서도 없이 전화 한 통에 말이다.

지금도 기억난다. 악기라고는 피아노 한 대밖에 없는 동떨어진 건물 2층 음악실에서 만났을 때가. 선한 인상에 환하게 웃는 얼굴로 옛날 학창 시절이 생각난다며 피아노를 치시던 모습이. 음악실에서 이런저런 이야기를 나누다 돈을 모아 10월 축제 때 공연 발표까지 하고 300만 원을 드리겠다고 말씀드렸는데, 학교 예산이 아닌 선생님이 주는 돈이냐고 놀라셨다. 그리고 축제 예산이 얼마냐고 물어보셨다. 공연 발표로 60만 원이 잡혀 있다고 하니 사장님께서 학생들을 위한 일인데 음향을 그 가격에 맞춰 빌려주시겠다고 말씀하셨다. 너무나도 아무렇지 않게 편안한 말투로 말씀하셨기에 음향 한 번 빌리는 돈이 얼만지도 모른 채 덥석 감사하다고 말했다. 그해 10월 600만 원도 넘을 것 같은 음향 장비를 단돈 60만 원으로 빌려 내 생애 첫 밴드부 공연이자 중·고 연합 학교 축제를 성황리에 마쳤다.

축제 당일, 나는 사장님이 보내주신 두 명의 직원을 만났었다. 공연을 위해 하루 전에 미리 오셔서 설치하고 음향 장비들을 지키느라 차에서 주무셨다고 했다. 학생들 리허설과 음향 체크를 위해 근처에 있었는데, 나에게 한 직원이 기가 차는 목소리로 물었다.

"도대체 우리 사장님이랑 뭔 사이세요? 지금 저 학생이 바닥에 아무렇지 않게 놓은 마이크 하나가 200만 원 짜리예요. 저희가 어제 모델 패션쇼에서 사용한 음향 장비를 끝나자마자 그대로 싣고 여기 온 거거든요? 이게 학교 축제에서 쓸 장비가 아닌데. 조용필 콘서트에서도 사용했던 장비들이거든요."

나는 그분이 말씀하시는 뒷말이 생각이 안 날 정도로 놀랐다. 마이크 하나가 그렇게 비싼 건지도 몰랐고, 학생들에게 제대로 장비 사용 교육도 하지 않았기에 얼굴도 화끈거렸다. 한편으로는 인건비도 안 나올 것 같은 60만 원으로 최고급 장비들을 직원 2명과 함께 보내시다니 감사한 마음도 들었다. 나는 전화를 드렸다. 그러자 사장님은 어려웠던 시절 밴드를 하셨던 경험이 있으시다며, 학생들이 학창 시절에 재능을 펼칠 수 있도록 본인이 갖고 계신 장비들을 보냈을 뿐이라고 말씀하셨다.

'와…….'

본인이 하시는 사업도 카리스마 넘치게 하시면서 나 같은 젊은 청년의 말 한마디도 귀담아들어 주시고 도움까지 주시는 모습에 감탄했다. 학생들에게는 꿈을 펼칠 수 있게 본인이 가진 재산을 기부하는 마음으로 나누어 주시는 모습에 나는 그분을 '내 인생의 롤모델'로 삼아야겠다고 다짐했다.

'나도 열정과 전문성을 가지고, 때로는 카리스마 있게 때로는 밝고 행복하게 학생들을 가르쳐야지.'
'나는 교사가 되기까지 많은 사람의 물질적 · 정신적 기부와 도움의 손길이 있었어. 나도 학생들이 성장해 가는 과정에서 만나는 한 어른으로서, 내가 가지고 있는 재능 기부로 도움이 돼야지.'

하마터면 이것도 모르고 교사로 살 뻔했다

내 인생의 롤모델이 생기면서 나는 곧 열정적인 교사로서의 삶을 시작했다. 하지만 너무 열정이 지나쳤을까. 헌신하듯 학생들을 대하고 학교 업무에 최선을 다하는 삶을 살았던 나는 몇 년 후 ○○학교로부터 열정이 꺾이는 여러 일을 겪게 된다. 교사로서의 삶에 허무함이 찾아왔다. 생활지도뿐 아니라 학부모 민원도 유명한 학교였는데, 나는 학생부 업무 중 생활지도를 맡고 있었다. 어느 날 학교 축제로 모인 학생부 회의에서 예산 부족으로 장비 빌리기가 어렵다는 말을 들었다.

'100만 원이면 전 학교에서 60만 원에 빌린 것보다 많으니, 사장님께 한번 말씀드려볼까?'

지금 생각해 보면 축제 담당 교사도 있는데 어린 교사가 나서서 알아봐 준다고 하니 일을 떠민 거였다. 당시 나는 학생들에게 멋진 축제를 제공해 주고 싶은 마음만이 가득했기에 사장님께 염치 불고하고 전화를 드렸다. 역시나 학생들을 위한 일이니 흔쾌히 해주시겠다며 이번에는 조명까지 해주신다고 했다.

예전처럼 축제 전날 직원들이 미리 오셔서 음향 장비와 조명 장비를 늦은 밤까지 설치하셨다. 다음 날 가수 콘서트장 같은 음향과 조명 효과에 학생들, 교사들, 내빈들 모두 깜짝 놀랐다. 무엇보다 공연에 참가하고, 반별 장기 자랑으로 출연한 수많은 학생의 반응은 폭발적이었고 너무나도 좋아했다. 이번에는 사장님이 축제 당일 오셨는데, 학생들이 좋아하는 모습에 뿌듯하시다며 웃고 가셨다. 하지만 축제가 끝난 다음 주 일이 터졌다. 교직원 전체 회의 때 교장 선생님이 갑자기 내 이름을 부르더니 다음과 같은 내용으로 말씀하셨다. 너무나도 충격적이었기에 정확한 문장은 기억나지 않는다.

"나한테 말 한마디 없이 누가 축제를 그렇게 화려하게 하라고 했어요?"

"한 선생님의 영향으로 축제를 저렇게 잘해놓으면 어떡합니까? ○○○ 선생님 학교 옮기면 저 선생님 없어서 축제가 부실해졌다는 소리를 들을 수도 있는 거 아닙니까?"

"선생님. 만약 내년 축제가 작년과 비교당하면 책임질 수 있겠어요? 나도 그 누구도 학교 예산으로 저런 장비들 못 빌리니 내가 이 학교에 있는 동안은 학교를 떠나더라도 지난주에 설치된 장비들 그대로 축제 때마다 빌려다 놔요. 아니면 계속 이 학교에 있든지 하세요."

그렇게 전체 교직원 회의 자리에서 자기 할 말만 하곤 자리를 뜨셨다.

'이게 뭐지.'

하나둘 회의 자리를 뜨는 선생님들이 내 눈치를 보며 불쌍한 듯이 쳐다보셨다.

'학생부장이 축제 관련해서 교감, 교장 선생님께 보고도 제대로 하지 않았나?'

'학생부장과 축제 담당 선생님을 혼내야지. 오히려 부탁받고 학생부 교사라는 의무로, 열정적으로 도운 나를 공식적인 자리에서 혼내다니?'

축제 준비부터 전날 밤늦게까지 설치하는 과정을 지켜보고, 축제 당일 오전에 학생들 리허설 시키고, 축제 후 뒷정리까지 내 업무도 아닌데 일한 나였다. 단지 음향 장비를 섭외했다는 이유로. 나는 다음 해 그 학교를 떠났다. 생활지도를 해도 수고했다고 말해주지도 않을 뿐더러 자기네 반 아이를 혼냈다고 수근거리던 동료 교사들, 어려움에 처할 때마다 나를 외면하던 학생부장, 아버지가 응급실에 가셔서 급히 조퇴하겠다니 자식이 나밖에 없냐며 조퇴도 안 시켜주던 교감, 자기보다 교사가 더 능력 있는 것을 싫어했는지 본인 욕심인지 한 젊은 교사의 열정까지 꺾어버린 교장. 3년 동안 마음의 상처뿐인 학교생활이었다.

나는 학교를 옮겼음에도 이듬해 전화를 받았다. 학생부장이 바뀌었는데 교장이 나한테 전화해서 장비 빌리게 부탁하라고 말했다는 것이었다. 전화하신 새로운 학생부장님도 이건 아니다 싶으셨는지 미안하다고 하셨는데, 나는 그 학교 학생들을 위해서 사장님께 다시 한 번 부탁드렸다. 그 이후로는 절대로 사장님이 갖고 계신 장비와 직원의 시간과 노동력을 함부로 쓰지 않고자 전화를 드리지 않았다.

그 후, 가끔 나는 학교에 '좋은 어른이 없다.'라는 생각이 들 정도로 교사로서의 삶이 위태로울 때 사장님께 전화를 드린다. 매번 전화 받는 목소리에 힘이 있으셨고 반갑게 맞아주셨으며, 요즘 읽고 있는 책에 이런저런 구절이 있다고 전해주셨다. 역시 나의 롤모델이시다.

그 학교에서 마음 터놓고 얘기할 사람 없이, 일할수록 동료 교사한테도 욕먹으며 생활지도를 했던 근무 환경으로 인해 나의 열정과 재능 기부는 상황과 대상 그리고 필요도에 따라 달리하며 적용하는 것으로 바뀌었다. 그리고 현재의 나는 한 걸음 뒤로 물러서 있다. 하지만 힘들어하는 학생과 선생님을 발견하면 작은 관심이라도 보여주고자 초콜릿이나 커피와 함께 먼저 말을 건다. 교무실에서는 동료 교사로서 학교의 푼수 같은 역할을 하며 지내고 있다. 예전과 같은 열정이 없어진 나에게 또 다른 변화가 찾아올까……

3

교직 생활의 원동력 '제자들'

교사로서 나의 삶은 제자들과 좋은 추억으로 남은 일들도 많았지만, 범죄에 연루된 가해 학생이나 피해 학생과의 일, 내 눈앞에서 학생을 때리는 걸 말리다 학부모에게 맞았던 일들도 있어 순탄치만은 않았다. 때론 교사가 된 것이 좋았으며, 때론 글에는 적지 못할 일들로 인해 생명이 위협당할 정도로 힘든 적도 있었다. 그럼에도 나는 아직 교사의 길을 걷고 있다. 왜냐하면 교사로 살아가는 원동력이자 뿌듯함을 안겨주는 제자들이 있기 때문이다. 제자들과 수업하는 게 나의 힐링이자, 내가 교사가 된 이유이다. 이 책에 다 적을 수는 없지만 나와 함께했던, 앞으로 나와 함께할 모든 학생이 아무 사고도 당하지 않고 자신을 귀히 여기며 행복을 찾길 바라고 또 바란다.

나에게 이런 제자도 있음을 자랑할 수 있는 학생을 소개하고자 한다. 2003년 발령받자마자 만난 제자로 당시 중학교 2학년부터 고등학교 1학년까지 3년 동안 음악 수업을 가르쳤는데, 그 학교를 떠난 날부터 현재까지 매년 스승의 날만 되면 전화를 주는 유일한 제자이다.

"샘! 저 ○준이예요. 잘 지내셨죠?"

현재는 방앗간을 하고 있는데, 십몇 년이 흘렀어도 옛 동료 선생님들끼리 모여서 밥 먹는 식당까지 찾아와 떡을 직접 만들어 갖다 주며 인사하는 제자이다. 나도 강원도 갔다가 돌아오는 길에는 ○준이의 방앗간에 들려 들기름을 살 정도로 애착이 가는 제자이다. 이제껏 제자의 결혼식에는 참석한 적이 없지만, ○준이의 결혼식에는 꼭 참석하겠노라 다짐하고 있다. 나에게 가장 자랑스러운 제자는 선생님에게 감사를 표현할 줄 아는 인간미 넘치는 학생인가 보다.

그 외에도 ○○ 중학교 부반장이었던 ○은이는 올해에도 스승의 날을 맞이해 벌써 대학교 4학년이 되었다며 문자를 보내왔다. 중학교 2학년부터 대학교 4학년 때까지 매년 자신의 근황을 전하고 나의 건강을 걱정해 주면서 문자를 보내는 중이다. 스승의 날 문자 한 통은 그 어떤 선물보다 값지다.

다음은 ○○ 중학교 2학년 담임을 맡을 때 3월 4일 자로 전입 왔던 학생을 소개하고자 한다. 이 학생은 3월 4일에 전학을 와서 이듬해 2월까지 단 4일만을 남겨놓은 채 유급되지 않고 중3으로 진급했다. 전학 온 3월 첫 주부터 조퇴를 원하더니 학교에 잘 나오지를 않았다. 아침에는 자느라 전화도 받지 않아 매일 같이 아버지와 통화를 해야만 했고, 무단결석이 많지만, 연속 5일에 해당이 되질 않아서 선도 위원회도 초반에는 열지 못했다. 언제 유급될지 모르는 상황이라 통화와 문자 내용 그리고 시간까지 거의 1년간을 기록으로 남겼다. 위클래스 상담 선생님과 다양한 프로그램을 연결해 줘도 상황은 나아지질 않았다. 무단결석 연속 5일이 되면 선도 위원회를 연다는 협박에 가끔 학교에 나왔지만 1교시도 못 버티고 학교를 나가기 일쑤였다.

유급되면 이 학생은 아예 학교에 다니지 못할 것 같은 예감에 무조건 중3으로 진급시키는 게 나의 목표였다. 아침 9시에 학교만 와서 10분이라도 얼굴만 비치고 가면 인정해 준다는 말에 그 학생은 내 옆자리에 앉아 책을 조금 읽고 가거나 교실 뒤에 따로 마련해 놓은 자리에 앉은 후 잠깐이라도 있다 갔다. 이런 눈물겨운 노력으로 유급까지 단 4일만을 남긴 채, 기적적으로 중3으로 진급시켰다. 한참 후 당시 담임이었던 제자들이 내가 사는 지역까지 내려와 밥을 사줬다. 이야기를 나누다가 갑자기 그 학생이 졸업은 했는지 걱정이 되어 제자들에게 물어봤다.

"선생님, 걔 완전 딴사람이 됐어요. 정말 신기하게도 중3 올라가니까 학교 매일 나왔어요. 얼굴도 완전히 펴졌어요. 심지어 웃고 다녔어요."

내 귀를 의심했다.

'일 년 내내 나를 괴롭혔던 세상만사 다 귀찮다는 듯 밤새 게임만 했던 아이가?'

그리고 그 뒤에 제자들이 덧붙인 말은 나의 말문을 막히게 했다.

"중3 담임이 엄청 예뻤거든요."

"……."

때로는 내가 엄청난 공을 들이고 노력해도 변하지 않는 학생도 있음을 알고는 있지만, 씁쓸한 마음을 감출 수는 없었다. 그 아이를 위해서는 중3 때 예쁜 선생님을 만나 학교에 가는 즐거움이 생긴 게 다행이긴 한데 왜 씁쓸한 마음이 아직도 가시지 않는 걸까. 나는 뒤끝이 있는 사람인가 보다.

나도 20대였던 어느 겨울날 밤 12시, 나보다 더 젊고 잘생겼던 남자 선생님에게 전화가 왔다. 우리 학교 중학교 3학년 여학생이 가출해서 거리에 있는데 내가 생각이 나서 전화했다는 것이었다.

'경찰에 신고를 안 하고, 굳이 이 밤에? 내가 왜 생각이 났지?'

학교 근처에 산다는 얘기를 들어서 전화했단다. '음…….' 그렇게 만난 그 여학생은 한 달 동안 내 자취방에서 나와 함께 지냈다. 아버지가 거의 매일 밤 허리띠로 때리니 집에 보낼 수도 없어 도와줄 곳을 알아보다 쉼터를 알게 되어 보냈다. 그런데, 그 센터 직원은 학생을 데려다주는 나를 노려보고는 '여기 전화번호는 학생들만 아는데 선생님이 어떻게 알았냐?'며

누구한테 들었는지 그 늦은 밤 길거리에서 나를 계속 추궁했다. 길 한복판 짐 들고 있는 학생은 보이지도 않는 것 같았다. 그 여학생은 엄격한 쉼터에서 2달을 버티지 못하고 때리는 아버지가 있는 집으로 다시 돌아갔다. 밤마다 나와 미래를 계획하는 등 많은 이야기를 나눴던 그 여학생은 분명 아버지에게서 벗어나 일찌감치 독립해서 잘살고 있을 거라 믿는다.

글을 쓰다 보니 많은 학생이 스쳐 지나가는데 그중 밤 10시만 되면 울먹이면서 죽고 싶다고 전화하던 남학생이 생각난다. 처음에는 당황했지만, 일주일에 2~3번은 전화가 왔기에 나중에는 내 일을 하거나 누워서 이야기를 들어줬다. 그래서인지 내가 하는 말이라곤 매뉴얼에 답하는 듯한 말투로 대답만 해주는 게 전부였다.

"응. 왜 또 그래. 오늘 무슨 일 있었어?"
"응. 머리를 흔들어봐. 나쁜 생각이 거짓말처럼 사라질 거야."
"음……. 그런 생각하지 말고 이제 자자. 내일 학교에서 보자."

그렇게 일 년이 지나고 그 남학생은 졸업 후 6년 이상을 스승의 날마다 찾아왔다.

"선생님은 저를 살게 해 준 은인이세요. 제가 그때 너무 죄송했어요."

"선생님 덕분에 제가 살아 있는 거예요. 감사드려요."

"선생님, 저는 정말 선생님 아니었으면 죽었을 거예요. 선생님 진짜 감사해요."

나는 그냥 들어만 주었을 뿐인데, 그 학생에게 나는 당시 동아줄과 같은 존재였나 보다. 지역 만기로 그 학교와 지역을 떠나기 전 스승의 날 찾아온 그 남학생에게 말했다.

"선생님 이제 다른 지역으로 떠나. 내년에는 선생님 여기 없어. 그러니 앞으로 안 찾아와도 돼. 지금까지 찾아와준 것만으로도 너는 충분히 고마워했고, 나도 찾아와줘서 고마웠어. 어디에 있든 행복하게 살자."

때로는 10분, 20분, 30분이 쌓이고 쌓여 그 아이에게는 하루하루 더 살고자 하는 원동력이 되었고, 삶을 이어 나갈 수 있게 해주었다. 가르치려는 말을 아끼고 학생의 이야기를 들어주길 잘했다.

4

교사로서의 삶

2003년 임용고시 합격 후, 발령받은 학교에서 순회만 3개를 다녔다. 말이 3개 학교지, 한 중학교에서는 2학년과 3학년 2개 반씩을, 다른 남중에서는 어려운 선택과목을 피해 일진들로 모여진 3학년 4개 반을, 고등학교에서는 일반고와 농업기계고를 맡았다. 내가 근무하는 중학교 전 학년까지 합하면 교과서가 다른 8개의 음악 시험을 위해 중간고사, 기말고사마다 20문제씩 총 160문제를 다르게 만들어 냈다. 더군다나 비담임 1년, 담임 2년을 하면서 버스로 1시간 넘게 걸리는 학교들로 순회를 3년 동안이나 다녔다. 지금 생각해 보면 자가용도 없는 신규 교사에게 너무 부담되는 업무를 시킨 것이었다.

당시에는 하라면 하는 건 줄 알고 다녔던 것 같다. 그럼에도 교사라는 사명감으로 전 학년 6학급 밖에 없는 시골 중학교에 발령받아 음악 관련 방과후교실을 3개나 운영하고 중1 68차시 ICT 교수 · 학습과정안을 에듀넷에 탑재하는 등 학교와 학생들에게 열심히도 헌신했다.

교무실에서 처음 근무하던 날이 생각난다. 인사를 한 후 교무실에 앉아 처음으로 옆 선생님께 했던 말이 화장실에 다녀와도 되냐는 질문이었다. 교수님뻘 연륜이 있으셨던 남자 선생님이었는데, 멍하니 나를 쳐다보다 그러라고 말씀하셨다. 그 뒤 2~3번 내가 더 묻자 화장실에 갈 때 말하지 말고 가라고 조심스럽게 말씀하셨다. 지금까지 나는 허락받고 화장실에 갔었는데, 이제 나는 학생이 아니라 허락받지 않고 스스로 화장실에 갈 수 있는 교사라는 것을 깨달았다. 나 같은 신규 교사는 세상에 없겠지만, 그 뒤 신규 교사를 만나면 별것도 아닌 일일지라도 눈치껏 도움이 필요한지 먼저 말을 걸어주곤 한다. 음악실에서 처음 수업하던 날이 생각난다. 중학교 소속이었지만, 농기계과 고등학생들과 수업을 했다.

"저의 이름은 ○○○입니다. 여러분들을 가르칠 과목은 음악인데……."

5초 정도 내 소개를 듣고는 갑자기 몇몇이 손을 휘젓더니 뒤로 나가 책상을 붙여 탁구를 하기 시작했다. 깡다구가 있던 골목대장 출신이라서일까. 나는 당황하지 않고, 어떤 수업을 할 것인지 소개한 후 출석을 부르고 발성 연습을 재미있게 한 후 노래를 함께 불렀다. 탁구 치는 아이들에게 자리에 앉으라고 말했지만, 말을 듣지 않기에 가만히 앉아 있는 여학생 2명한테만 집중하고, 수업을 마쳤다.

다음 시간 나는 농기계과 아이들에게 20분 수업을 하는 동안 자리에 앉아만 있으면, 나머지 시간은 음악실을 벗어나지 않는 선에서 자유시간을 주겠다고 말했다. 그랬던 아이들이 20분이 아니라 점점 수업에 참여하고, 오늘 수업 좋았다고 말도 해주고, 난생처음 90점 넘는 점수를 받았다며 좋아하는 모습을 보기까지 변해가는 그들의 모습을 봤다. 스승으로서 정말 뿌듯했다. 비록 5월 중간고사를 지나기까지 한 반에 15명밖에 남지 않지만 말이다.

2년 차, 드디어 중학교 1학년 담임을 맡으며 '내 반 아이들'이란 벅찬 감정으로 20여 명의 시골 학교 학생들을 만났다. 설레었고, 한없이 예뻤고, 책임감이 따르는 그런 나날들이었던 것 같았다. 어느 날이었다. 한 학생이 조회 시간이 다 되도록 오질 않고 있었다.

'지각이라니……. 이번에 혼내지 않으면 다른 애들도 지각하겠지? 본보기로 혼내야겠다.'

나는 지각한 학생이 오면 교무실로 보내라고 분위기를 무섭게 만든 후 조회를 마쳤는데, 9시가 좀 넘어서 홍○○ 학생이 왔다. 곱슬머리에 까불거리며 항상 밝았던 아이였는데, 교무실에 혼자 앉아 있는 나를 보고 긴장을 한 것 같았다. 그때 왜 그랬는지 후회가 되지만, 나는 눈을 깔고 낮은 목소리로 말했다.

"왜 늦게 왔어. 지금 몇 시지?"
"선생님 죄송합니다."

의자에 앉은 채로 올려다보며, 나는 또 말했다.

"왜 늦었냐고. 옷은 앞에 왜 젖었어?"

아이는 울컥하더니 어린아이처럼 훌쩍거리며 이야기를 쏟아냈다.

"선생님. 제가 동생을 깨워 세수시키고, 옷 입히고, 밥 먹이고, 설거지까지 하다가 버스를 놓쳤는데, 동생 학교까지 데려다주고 오느라 지각했어요."
'이런……. 하…….'

양손으로 두 눈을 어린아이처럼 비비며 들이마시는 숨소리와 함께 서럽게 울던 아이의 모습이 아직도 생생하게 느껴진다. 나에게는 생각지도 못한 말이었기에 당황했었다. 이런 아이를 내가 소리라도 높여 혼냈으면 어쩔 뻔했을까. 지금 생각해도 아찔하다. 그리고 한편으로는 이렇게 솔직하게 얘기하지도 못하고 나에게 혼났던 아이들이 더 있었을까 반성도 되었다. 아이의 물 묻은 교복을 쳐다봤다. 맞다. 저건 설거지 급하게 했을 때 튀는 물 높이에 맞춰 정확히 흥건히 젖어 있었다. 아직도 저렇게 젖어 있다면 설거지하고 얼마나 급히 왔을까. 동생까지 초등학교에 데려다주고 오며, 얼마나 다급하게 뛰어왔을까. 순간 나도 울컥했지만, 마음을 다잡고 물었다.

"네가 왜 아침에 설거지하고, 동생 밥까지 먹이고 학교에 데려다주는 거지?"

다음 아이가 하는 말은 참았던 눈물이 터지는 버튼이었다.

"할머니가 입원하셔서 할아버지가 아주대 병원에 가 계세요. 그래서 동생을 제가 챙겨야 해요."

그렇다. 이 아이는 조손가정에 어린 초등학교 여동생을 둔 장난기 많은 중학교 1학년 남학생이었다. 나는 아차 싶었다. 가정 조사를 제대로 하지 않은 내 탓이었다. 훌쩍거리는 울음소리가 잦아든 후 아이에게 물었다.
"할아버지가 안 계시면 집에 너랑 동생 둘만 있어?"

그렇단다. 아……. 이런…….

"다른 어른은 안 계시고?"

그렇단다.

"그럼 네가 밥하고, 설거지하고, 빨래도 다 하는 거야? 언제 퇴원하시는데?"

둘만 집에 있은 지 일주일 정도 됐고, 한 달간은 더 입원하셔야 한단다. 이럴 수가. 눈물 버튼 작동.

서로 눈물 닦은 후 아이에게 할아버지 안 계시니 동생 잘 챙겨서 더 일찍 다녀보라고 말했다. 원래 잘 다녔는데 오늘 늦잠 자서 그런 거라며 버스 시간 잘 맞춰서 다닌다고 또 해맑게 웃는다. 젠장. 이 시골은 버스도 한 시간에 한 대 운영하는 동네가 많다. 동생까지 챙기려면 얼마나 일찍 일어나는 걸까. 안쓰러웠다. 겨우 1학년 남학생이다. 아직 아이다. 아이. 하…….

며칠 후 홍○○ 학생에게 선생님이 가정 방문을 갈 거라고 말했다. 남학생 집에 혼자 갈 수 없어 다른 여자 선생님과 함께 갈 거라고 했다. 퇴근하고 갈 거니까 저녁 먹을 때 선생님도 같이 먹자고 했다. 나는 라면, 과자, 냉동식품, 휴지 등 생필품으로 장을 본 후 학생 집에 방문했다. 운전해서 가보니 학교에서도 더 시골길로 들어가야 했는데 버스가 한 시간에 한 대만 운행하는 이유를 알 것 같았다. 아이는 부끄러운 듯 귀여운 얼굴로 나오더니 인사했다. 동생은 초등학교 저학년이었던 것 같은데 어려 보였다. 빨래를 방금 했는지 널다가 급히 나온 것 같았다.

"잘 챙겨 먹고 다니는 거지? 선생님이 주는 선물이야."

나는 박스들을 내려놨다. 남자아이가 벌써 밥도 해놓고, 빨래도 널고, 살림꾼이었다. 더 이상 까불까불한 아이라고 생각되지 않았다. 나는 김치볶음밥을 해주겠다 하고 냉장고를 열어봤는데, 다행히 반찬들은 많이 들어 있었다. 설거지까지 하고 밤 9시가 되어서야 학생 집에서 나왔는데, 많은 생각이 들었다.

'내가 스승이 맞나?'
'교사로 살아가는 삶은 어떤 삶이지?'

이날부터 22년이 지난 현재까지 나는 새로운 아이들을 만날 때마다 이런 생각을 곧잘 하곤 한다.

현재 내가 실천하고자 노력하고 있는 '교사로서의 삶'은 다음과 같다.

[수업에 흥미를 갖고 임하도록 수업을 연구한 후 실행한다. 수업의 절반은 노래를 함께 부르며 소통한다. 노래를 잘 부르지 않는 반은 강요하지 않고 마이크 볼륨과 에코를 높여 내 노래를 듣는 감상 수업이라 생각하고 열심히 피아노 치며 부른다. 교탁을 집어 던지고 싶을 정도로 화가 머리끝까지 날 때면 음악실에 붙여놓은 아들딸 사진을 쳐다보고, 내 자식처럼 생각해 한 번 더 참아본다. 편견을 버리고 학생이 하는 말을 먼저 끝까지 들어준다. 잘못은 스스로 말로 인정할 수 있도록 이끌고 이후 사과하게 한다. 자존감을 높여주는 말을 자주 하고, 칭찬을 아끼지 않는다. 나부터 친절하게 말하고자 노력하며, 학생들이 자신의 가능성을 발견하도록 돕고, 사회에서 살아나갈 인격 형성을 위한 인성 지도도 외면하지 않는다.]

'나 자신 교사로서 과연 잘하고 있는 건가?'

누군가에게는 힘든 학창 시절 중 '나'라는 스승을 만나 학교에서의 좋은 추억과 재능을 꽃피울 수 있는 시간이었기를 바란다. 오늘도 앞으로도 학생들과 함께할 수업이 기대된다. 대한민국에는 열정과 사랑과 희생으로 교육에 임하는 선생님들이 많이 있고, 교사를 응원하며 지지해주는 70~80%의 학부모들이 있으며, 오늘도 반가운 얼굴로 선생님께 인사하는 학생들이 있어 희망차다. 나는 오늘도 교사로서의 삶을 산다. 시련이 있을지언정 꺾이지 않고 유연하게 대처할 것이며, 교사가 된 것에 감사하고 새롭게 다가올 희망을 품고 살리라.

건강한 교사로 사는 방법

서양 속담에 이런 말이 있다.

돈을 잃음은 작게 잃음이요,

명예를 잃음은 크게 잃음이요,

건강을 잃음은 모든 것을 다 잃음이라.

교직은 전문직으로 간주하여, 다루는 업무 자체가 복잡하다. 교사들은 학생들을 가르치고 상담하는 일뿐만 아니라 예기치 못한 다양한 문제에 직면할 때가 많다. 이에 추가로 각종 행정 업무, 교권 침해, 교사 간의 관계 등으로 인해 스트레스가 쌓인다면 교사들은 지치고 건강에도 영향을 받을 수 있다.

교사는 교실에서 교육 활동의 중심이며, 교사가 건강해야 교육 활동도 성공적으로 이끌 수 있다고 생각한다. 건강한 몸은 건강한 정신을 유지하기 위한 필수적인 요소이므로, 교사들은 건강을 유지해야 한다. 건강한 교사가 되기 위한 다양한 조언을 찾아보고 집과 학교에서 실천해 보자.

편안한 발성으로 말을 전달하는 교사가 되고 싶다?

- 내 성대에 맞는 톤으로 말하기

- 거리감이 느껴지는 발성, 무지개를 그리면서 말하는 발성(무지개 발성법)

참고: 유튜브 <유 퀴즈 온 더 튜브>, '발성 치료사 안대성 자기님이 알려주는 목소리 전달력을 높이는 방법!'(2023. 8. 2), 유튜브 <신카일> '사랑받는 사람들의 예쁘게 말하는 방법'(2024. 1. 3.)

굽은 등을 가진 교사는 치킨 동작을 해라?

- 양팔을 들어 올려 손바닥을 측면 방향으로 펴고 팔꿈치를 내 몸(갈비뼈) 가까운 곳

  에 붙여준다. 손바닥을 측면 방향으로 돌릴수록 가슴이 확장되고 날개뼈가 모이면

  서 스트레칭 효과가 높아진다.

참고: 유튜브 <모멘트핏 록코치>, '직장인들은 반드시 해주셔야 합니다.'(2024. 4. 19.)

거북목과 굽은 등에서 탈출하는 교사가 되고 싶다?

- 양손을 좌우로 벌린 상태에서 견갑골을 아래 쪽으로 내린다는 느낌으로 견갑골 사

  이를 조여준다.

참고: 유튜브 <지식인사이드>, '절대 가슴 펴지 마세요 거북이처럼 굽은 등 교정하는 법'
(2024. 6. 18.)

장수하는 교사가 되고 싶다?

1. 스트레스를 받지 말고 운동을 해서 면역력을 키우자.

2. 근심 걱정이 많으면 물을 많이 마시지를 못한다. 물을 많이 마시자.

3. 잠을 푹 자고 깊은 생각을 많이 하지 말자.

4. 작은 일에 감사하는 마음을 갖자.

5. 아무리 좋은 음식도 많이 먹으면 몸에 해가 되니 골고루 먹자.

참고: 유튜브 <지식인사이드>, '세계적인 암치료 권위자의 양심 고백. 한국인들은 아파서 죽는
게 아니다.'(2024. 6. 12.)

하마터면 이것도 모르고 교사로 살 뻔했다